——福建省社会科学研究基地地方文献整理研究中心——

图书在版编目（CIP）数据

师友偶记 / 刘世南著. -- 北京 ：九州出版社，
2018.4
ISBN 978-7-5108-6936 5

Ⅰ．①师… Ⅱ．①刘… Ⅲ．①书信集－中国－当代
Ⅳ．①I267.5

中国版本图书馆CIP数据核字(2018)第077931号

师友偶记

作　　者	刘世南　著
项目策划	郭荣荣
特邀编辑	李陶生
责任编辑	黄瑞丽
封面设计	吕彦秋
出版发行	九州出版社
地　　址	北京市西城区阜外大街甲 35 号 (100037)
发行电话	(010) 68992190/3/5/6
网　　址	www.jiuzhoupress.com
电子信箱	jiuzhou@jiuzhoupress.com
印　　刷	三河市九洲财鑫印刷有限公司
开　　本	880 毫米 ×1230 毫米　32 开
印　　张	8.625
字　　数	158 千字
版　　次	2018 年 5 月第 1 版
印　　次	2018 年 5 月第 1 次印刷
书　　号	ISBN 978-7-5108-6936-5
定　　价	52.00 元

刘世南，江西吉安人，1923年生，著名文史学者，江西师范大学文学院教授，父亲为前清秀才，自幼亲承庭训，精熟经史；代表著作有《春秋穀梁传直解》《清诗三百首详注》《清诗流派史》《在学术殿堂外》《大螺居诗文存》等。其中，《清诗流派史》被学术界视为清诗研究的经典著作之一。在《文学遗产》《古籍整理研究》《博览群书》等刊物发表论文数十篇。曾受聘为《全清诗》编纂委员会顾问、江西省古籍整理中心组成员、大型丛书《豫章丛书》整理编辑委员会首席学术顾问。

世骧吾兄道席 辱书甚慰 顷话
谊因卧病 中辍未竟 兹属人通之 台端 承赐
出版社 不胜感谢 即当遵推荐交与
携四上海 空疏 滥竽愧莫名 稿中宜取去以
便专郑五晚侪乃窥 至不学谫
从容四肢面即 不敢曲为文明
日臻文评 上娣酬夏席去愁
不代邮书 生平徐寄问 贵人上书

钱锺书致作者书信

亦不敢推戴幸凛此何以能為

足破此原冲此限匡諸邃叩閣下

中道及力為處幹附足前去力為増

重德慈用堂之煙卜 勿浸即水

追祀 臺兄芸芸

許呷匡三議周君書甫告乩即興芸芸

因足屬及并呷乩又政

寿南吾兄左右：手书兼近作，所言纲详势利及扬鬼诗状，可为浩叹。若稿之晁谢，别有音致，言之有物，即加封附可保残抄耶。铭文尝评论纲辞即印，尤若遗产之购尝为后，形内含义未便为豸邪也。梯乃画多已比，刊载其要，六自难忘，雅量藏以研，殆何。

台闻内美，务多知也。若文中引北地及拟作岁，无与瓜及。琦虽映往贻�摆缪之口。顾若谷套。六伤文律仔别！

中间何故诉诗重实而论亟蹇虔，光馘盖为诗中蕴实传统两片言不及画中之伫传统，似誊比新问，仍必奉若老大乎？故求歆涵辞料等中，请垂好採用，即的有图中意新批切制其并告云下物见奉阅。玉润评诗学及宗请得头，高愚见，诙为甚长，未允辨可以辩偏，姑舍矣。愚兄意诮谅之，勿吝明，勿布印行。

迟祝　　　　 琦涛上　青安

中国社会科学院语言研究所

世南同志：

得 12.23 日赐书，备悉佳况，至慰下怀。因觅《古文观止》事萃，未即复信。怱怱数日，仍未见书，若未挂号，殆已入他人之手矣。日前《中国青年报》副刊《图书版》编辑嘱为拟一青年自学丛书简目，其中提到《古文观止》，因未知尊译已出，漏加附注。请告我是图何处出版，俾函告副刊编辑补加注语，为率。

专复，顺颂

撰安！

吕叔湘
1986.12.30

吕叔湘致作者书信

中国语文 杂志社 第 页

业南同志：

惠教谨悉，事冗稽复为歉。

承命为《语文教学》写文，甚为惶恐。有见的要说的话，已经变着样儿说过多少次了，再要要个花样实在要不出来了。违命之处，想编辑同志当能谅解。

为集宣庵论传大非易，因此人身上矛盾重之此。不知已着手否？总以说观为供。故详注，意思不大，尤其是"评"，必须略加不讨好。

草草奉复，顺颂

撰安！

吕叔湘
80. 2. 22

世南同志：惠书及大作，均拜读。承属为之徵诗

一文，自谓搅珊，犹珠之发光，命转"文史杂志"编辑部。

此间李毓芙同志项有"王维诗之选注"将出版，故此

观点容有不同，但亦无妨争鸣。成都杜甫研究学会定

于本月廿日举行首届年会，相邀参如今匆已决定不去矣。

缘身不离家，于桑榆竟无尊益，则名誉呕有怍于贤达

此举诚亦盛事。容顾得愿诚，然徒有虚名亦望在羊城

一晤。我之为足下昌明峨眉班义资助，容有书来。老人艰于

握管，书复此使中志和一道及。耑此，吾足下良，即颂

撰安

　　　　　　　　　　　萧涤非 一九八一四·十六·

萧涤非致作者书信

篤嗜老遊耽，言利于所罕。三寫不冤誤，千冊珠琲
儉。不趨慶成風，獨尋清所善。深探亭林與亭
遺西當悟。止美我歸正則，抒情許頤豔，卓見顯
才識，覃復侍書慈。踵事必增華，麻亭訴有高論。
歧路嵩萬千，塗坦躬何妨變。派流各有宗，故類理乃
見，無厚入有間。深瀻善吾劍，予盾吾固執。舊新
有遞嬗。浮名似輕煙，高興在柔翰。書粟乃成城，女三
任其緊。從心不踰矩，沈朱指當美膳。有辛讀書
喜，竟敷林火吾硯。書代純恒情靈，昵尿何開崩。怨家
劉丹菁，事不干顯宦。二韓成鉅冊，翰焦全集校流，雜詩外傳
箋釣嘗後今年印成有約雲

屈守元致作者书信

火刺亦云邁，遺此明月珠，空攘向投暗，坐可重嘆圖。

顇，豈煩狗監薦？又老毛敢鵬摶，游講鄖溪岸，云奈佳手游戲。

嚼，紫煩狗監薦？

顑汗，稿積棠棃遠，寧有題墨。八難隨指屈九州竟

常居，黨思春副教授　山花旋爛熳，紛紛綠水漾，二美由箇。助理得

但得老夫歡，未許貴身玩，居如菫孤篁，何用羡幾逝？斷

可千載傳，未有一語纂。尚遺西蜀派，削紙寫帳疑。

劉居世南寫清詩流派史，喜成自校，賦詩三十三韻，職予

傳讀君喜，依韻奉和一首。既以美是，东稿自誌。

丙子孟夏，八十四歲雙成都后寧元

尚待进一步仔细诵读。盖辛季手腕力大不及荷，执书读之辄忘。若大著，则钞之置诸案头，随用随读，似更有效也。弟平生嗜书为命，今老年目力大损，仍日夜读书不息，深感徒之多，而想读之书仍成千累百。于是书与书争，雜迟于部人画角，弟不知为仔措手足也，了有无恩。

苟辛毛师石声先生百岁冥诞，弟平生受育之恩，将选集六卷交之付印（尚有外集九卷，以乏力，未能同时印行。）当即印五诸国门诸友，代为赠海内道人，以弟交游不广，知为无多也。守元属忆营交于三二十部。记文多赠知交。阅下大名，弟未於守元属始公阅之，因思守元或已将《蕃咏》一集寄奉左右，故不及自行寄呈。得来示，始知尊处尚未收此書，当即交邮寄上一本。以邮局包裹不附次草仿件，故另作此书说明原委，希借及此。

老骨莲忘，一提笔便写错别字，一些中学生习写的常用字，有时竟苦思不能写出，仍不免出错，了堪叹也。辛乏不尽所怀，即候。

美安
                        敦仁拜上 三月十一日

世南先生道右：

　　手示收到已数日，忙於报务，迟复为歉！拙
著《篆隶诗选》□ 先生予出宝贵时间，细加
评审，並有宏文加以评判，吴尚未读到，知於
鄙人必大有裨益也。古人云："百世谁相知，
访吉文之师？"古往书风飘散矣，阅下书，並世
（知）能有几人？平生所慕，盖在此矣！大文刊布
后，望赐一复印件，俾早睹，尊教为快也。

　　大著《清诗流派史》仅粗事涉猎一遍（请
恕罪），尚未及十日一行加以细读。已觉是书为
大匠治史，气魄宏影，流派分明，於有清三百
年诗史，对博学精研之 阁下书，诚能得此，鄙
人所急需者实在此也。迄专读《晚晴簃诗汇》、
《清诗纪事》及陈、钱二家《近代诗钞》等书，
大都将同一时期诗人，平面排列；若全书以按
年编次，有纵有横，但终觉重叠不能突出，脉
络交侍分明，此体例使勃。我终不能放读与全
面掌握清诗全局，而深以为歉。今大著，又阔
立纲，二百馀年诗歌发展痕迹，便觉眉目清楚，
了然於心，快何如也。书中对多事以具体评述，

中國語言文學系

DEPARTMENT OF CHINESE LANGUAGE & LITERATURE
NANJING UNIVERSITY, P.R. CHINA

世南先生：

　　大函拜悉。信中所述读书故事最令人感动。我想，80岁还认真地勤奋阅读，足见到此，不仅有益于世道，也大有益于身体之健康义。我当向您一学。

　　此次南京之行，本大好能遇见兄及几位先生，几次相聚，一旦明面，真是人生快事！可惜来去匆匆，未能促膝畅谈。回学后又投入庸碌之务，所拍照片在旅次中底片天才记出。今寄上以示纪念。

　　南大出版社已在编拍《跨世纪论坛实录续编》。你用笔所画画画，我定收到出版这部书中。如能出，当奉上以讨教正。

　　专此奉颂

愉快、康健！

　　　　　　　　　　　　　　　　董健
　　　　　　　　　　　　　　　2005.9.30

董健致作者书信

南京大学校友总会

世南兄，您好！

　　7月18日信拜悉。与寄赠一剧多，收获弃不大。我不喜欢旅游，想看希腊古代悲喜剧的演出，但演出被现代化了。既无"古味"也无"今味"，被旅游冲淡，也是"后现代"的所谓"世俗化"之一，纸醉金迷……但看到真正的现代国宗（美、英等），……还是很真的。我写短首改，已发在《随笔》今年第4期，请指正。李岗唐先生写的书说得很好，都在探索之中。邓小平之先也至关紧要，他依靠一些……李铁映这样的人来搞……证明这都是一些里程碑，希望之中也写了几句，……也是希望与变化的评论家。

　　您是个了不起的论者，你这已不会……写些东……信……，也信得过。一条新剧去……讲，走老思路，也是想着急，请多加保重。

　　…………

　　夏祺！　　　　　　　　李〇　2004.8.16.

　　……也海，……您之心诚意，周枕又……道路。——又及。

罗宗强致作者书信

多错误、编著者唐此地不无有素山於之处亦非於。

作者与编者皆是陈良遣先生一事、宣告之之

说不清道不白，遇到此类问题，最好见一笑

置之。近日文汇读书周报又刊陈先生之一文、

为其笔名若柳、新枝。如要找为女道士你

看、还有什么话可说呢。不同层次、无法对

话的。子欲使陈先生为女，在文学评论九七年

第三期闻陈君起福建师大中文系，在第一

次清其修级之饭桌上，大献厥词，说古文说

研究、纵论海内学一言之，绝难排异果，不无将

某某排于之个文坛掌故，而入解书。

                    弟
                  宗强 上

世南先生：

我事忙，因故迟发，歉々！

承垂询我们指导研究生的经验，其实不值得一谈。文学院文学系招了一批研究生，其中6人研究先秦两汉与魏晋文学，我名为导师，实则还有四位辅导员分担务，我和他们组成一个指导小组。6名研究生基础不同，我仅指定他们阅读一些参考书。各人重点阅读的范围不同。每学期要他们写作论文两篇，题目自定（须和专业有关）。每学期间讨论会5次或6次，讨论他们的习作一篇或两篇。研究生与辅导员都出席。各人都对讨论的文章提出意见导师予搭会，作总结。导师和辅导员另有定期的会，评定研究生读书报告和习作，给与分数，根据它来评定本生的学期总成绩。我们

余冠英致作者书信

也规定和会生个别会唔的时间，答复他们学习中的问题，或比较有系统地讲一些东西。并未给他们开书共读。研究生院为研究生开一些必需共同听讲的大课，如哲学、外语、文艺理论等等。

关于研究生的学位论文（与未即单是论文，经未规定给学位，就成了学位论文）题目，由我们这个5人小组批准，写成后由这个小组初步评究，决定是够还要给"答辩委员会"作进一步评定。

我们指导研究生的方法，大致如此。关于在传研究的指导过程是怎作，主要由那会贻同志过问。现在他已逝世，很难详述了。

以上先写也算信经，对您恐无甚用处，聊供参考。

专此

　　　　　　　　　余遗英　1958年3月5日

世南同志：

信收到，稿又读了一遍，高的论我认为写得是不错的，个别措施还了些证词更难和一点，我随手作了点小的改动，说了两句话，请你酌定。根据他论文的一些说的，她论文发表，还引起学术界注意的，希望转要加以论证。关于一千年初就有了律诗的产生这一点，我以为他的看法值得商榷，她的说法是否有些论据？因为他论的这都其引起学术界注意，并极力予以放大的，将作为重也公诸于此，她有何说法？

他们采取并极引予鸣放科，将作如意见也公诸于世，她有何说法？

我以为要辩论者之，但不管辩论与否，有些论也将予以论证。另一千年初就有了律诗的产生，保可以让他论持之章科论所领导审定。另一条，另一千为持，即将丰年守一篇话，且云为鸣，别人论话也太少了不必管他。此之守是保为高，文章，把你多反驳论高提一其中，即石为之文，也云为鸣，别

文章，把你多反驳论高提一其中，即石为之文，也云为鸣，别人论话也太少了不必管他。以上意见，不必为外人道，也仅供你参考。

鸣，而率取正于话述的办法。以上意见，不必为外人道，也仅供

参考。

敏泽致作者书信

中国社会科学院文学研究所

我这九千万日在亥书与上海古籍编审了一部"清宫采文化

资料摘编",共有哲学、宗教、文化沿革、文志廿五十卷,160万字,

元日可完稿,望哪、替律,加考虑。

以你写信给我,3字文研所即可。我目前尚在文研所

理诗宣专择研究。由徐鸿信再主择考他们。

稿寄迅,速议。

　　　　　每颂

　　近祺

　　　　　　　鲁辉 17/12

前　言

　　我曾经想写一部《我和我所理解的知识人》，包括我所交往的自由派、新老左派、儒学派、事功派。可旋写旋辍，最后只写成了《师友偶记》这样一部书。

　　《一封信》是写我的治学经过，像谭嗣同一样，由旧学而新学，表白自己不是"为学术而学术"，而是"为人生而学术"。我的正式学历，只读到高一肄业，所以，本书所谓"师"，没有一个是我受业的老师，他们实际是我的朋友。但其中不少人在我心目中是以师礼事之的。如张国功教授，年龄小我一半，但我称之为思想启蒙老师。近年我能广见博闻，熟知现当代各种思潮，全靠他和他表弟吴鑫（萧轶）不断送新书给我看。又如严凌君，他是我 1979 年在江西师大中文系教过的本科生，但他在深圳育才中学执教时的种种教学活动，对我真算振聋发聩，他堪称我的精神导师。设想我读初、高中时，如遇到这样一位语文老师，那我的思想境界该有多辽阔，多高远！总之，我崇拜一切有先进思想的学人。学问造诣高，我钦佩，但内心未必师事之。如清初的阎若璩，大学者，我钦佩；但我崇拜的是顾炎武，他是有先进思想的大学者。

本书中有几位在学术观点上和我有分歧，甚至有过争论。但"其争也君子"，绝非意气之争，在我是"吾爱吾师，吾尤爱真理"。如刘梦芙兄，在"读经"问题上，我们看法不同，但我一直称他为"诤友"（《孝经》："士有诤友，则身不陷于不义"），尤其佩服他坚持真理的勇气，如对"二钱"（钱仲联、钱锺书），真正做到了"事师有犯而无隐"，绝不为浮议所惑。

这本书的性质，近似《国朝汉学师承记》，是学术性的，它可做现当代学术史、思想史的资料。

此书能出版，全出于郭丹、刘松来、张国功三位教授的大力相助。最使我惊喜的，是忘年之交的陈骥学弟。他是当代中国造诣甚高的诗词作手，我们常在一起切磋诗艺。就在他来舍间谈本书出版问题时，他随手写示一首近作：

乙未端阳前一日谒胡耀邦墓

水国山门车马稀，蝉声翠盖自逶迤。

端阳草木寻常绿，哀郢谣歌春夏迟。

痛哭疮痍待改革，忧劳赤县尚支离。

便娟殷向游人说，一角残碑似党旗。

　　他比我小了整整六十岁，今年才三十二岁。如此诗才，不第雅人深致，作《易》者忧患之心弥切，亦唯我喻之耳！另外，我还要深深感谢同住的李陶生学弟，他不但将本书手稿全部制成电子版，而且不断纠正其中缺失，力求"毫发无遗憾"。

刘世南记于大螺居

2015 年 10 月 11 日

时年九十二岁

目　录

一封信

松来：

有几件事想和你谈谈，所以，写这封信。

（一）近年有四件事出乎我意外：（1）《在学术殿堂外》2003 年 4 月出版后，饶龙隼、廖可斌两先生及郭丹学弟，分别邀我到杭州师院、浙江大学、福建师大和集美大学讲学。（2）陶文鹏先生看了《在学术殿堂外》，立即嘱咐郭丹学弟写对我的访谈录，恰逢赵伯陶先生在《文艺研究》工作，他主动写过对拙著《清诗流派史》的书评，对我非常了解，因此访谈录得以顺利刊出。（3）《大螺居诗文存》2009 年 11 月出版。（4）柳春蕊、胡敕瑞两先生邀请我到北京大学中文系讲学。

以上几件事，皆非始愿所及。尤其北大之行，使我不胜危惧。我自知甚明，名已大过其实，真觉"高处不胜寒"。这些天，我只想到《易·谦》："天道亏盈而益谦，地道变盈则流谦，鬼神害盈而福谦，人道恶盈而好谦。"扬雄《解嘲》：

"高明之家，鬼瞰其室。"李奇注即引"鬼神害盈而福谦"。《左传》昭七年正考父之铭："一命而偻，再命而伛，三命而俯。循墙而走，亦莫余敢侮。饘于是，鬻于是，以糊余口。"刘昼《新论·诫盈》："圣人知盛满之难持，每居德而谦冲。"极盛之后难为继，我将何以自保？虚名不是好事，我其实愿无名，只希望有几卷书能为中国文化添块砖，加片瓦，于愿已足。

（二）回顾平生为学，少时从先父背诵古书十二年，幸有此根底，始养成治学兴趣。但先父只关心康（有为）梁（启超）之学，我则除《新民丛报》、严（复）译数种之外，受马叙伦、杨树达、王泗原诸先生的影响，自觉地钻研朴学，尤其是"小学"。于段（玉裁）、王（筠）、桂（馥）、朱（骏声）这"说文四大家"之书，细心研习，以至当时写信给朋友，都用楷书小篆。高邮二王（念孙与引之父子）及正、续《清经解》之书，大量阅读。——此我青少年时期治学重点。

与此同时，我又与马一浮先生通信，研治哲学。转而饱读唯物史观之书，如郭沫若、侯外庐、翦伯赞、吕振羽诸人的论著。我也读吕思勉的书。更转而研习马、恩著作，以至列、斯著作，当时把马、列称为卡尔、伊里奇。这些革命书籍，是抗战初期江西青年服务团（由复旦、大夏两大学学生组成）在"皖南事变"后卖给陈启昌老师的。我在解放战争初期，任教于陈老师创办的私立至善补习学校（后改为中学），因而得以阅读，也就因此参加了地下党。

在研习朴学时，由于看到龚自珍委婉批评其座师王引之与其外祖父段玉裁治"小学"为"抱小"，我深受时代"左倾"思潮影响，故走出朴学的象牙之塔，踏上龚（自珍）、魏（源）、康（有为）、梁（启超）以至马、列的十字街头。

所以，我的青壮年治学阶段，实已走过考据、义理、辞章的"旧学"（谭嗣同所称），而进入谭氏所谓"新学"，亦即后来五四时期陈独秀、胡适所揭橥的民主与科学。

我忽然发现，我和戴震、章炳麟竟不约而同。乾嘉朴学家中，只有戴震、焦循、汪中等寥寥数人最有思想。尤其是戴震，最后写出了《原善》《孟子字义疏证》，远远超出考据学"雕虫小技"范畴，而达到文化、思想、学术三史的范畴，实即哲学高度。章炳麟"将语言研究与哲学分析相勾连"，正如他《致国粹学报社书》所言："以音韵训诂为基，以周秦诸子为极，外亦兼讲释典。盖学问以语言为本质，故音韵训诂，其管龠也；以真理为归宿，故周、秦诸子，其堂奥也。"我由"旧学"而"新学"，实质与戴、章二氏相同。而其所以如此，皆中国士大夫忧患意识使然。

（三）我对国学（经、史、子、集）只是浮光掠影，一知半解，但我心安理得。我当然佩服张舜徽先生的深入，但我不想那样为学问而学问。这也是我反对某君一味研究文体发展史的原因，认为这也是一种"玩物丧志"。

我的"新学"，实以"旧学"躯壳，充以"新学"内容，近似李泽厚的"西体中用"。如《清诗流派史》追溯清代士大夫憎恨专制、接受西学，从而主张民权。《大螺居诗文存》的诗皆追求民主者，文则反腐败、反告密、反读经、反学风浮躁、主张宽容、揭露暴政、反宫体文学、论民主，等等。

（四）张国功先生（百花洲文艺出版社）多次提出，要为我录口述史。我开始不同意，理由有二：(1)我已出版了《在学术殿堂外》一书，《文艺研究》2005年第6期已发表了郭丹学弟所写对我的访谈录，不必再有什么口述史了。(2)我一介书生，活得虽长，平生毫无惊人事迹，够不上"口述历史"的资格。

经过国功兄反复劝说，又听到你说现在青少年沉迷网络，根本不读书。我想，物极必反，留下我的治学史实，也许将来不无参考意义。特别是想起鲁迅和李泽厚都曾想写中国近现代知识分子的长篇小说，而俱未果。我也是反对为读书而读书，一向坚持为改良现实而研究学问、著书立说的，那么，趁现在精力未衰，抓紧时间，尽量记下有关事实，应该也是对祖国和人民做出的一点贡献。

这就是我决定写作这部《师友偶记》的原因。

你和郭丹是我带的研究生中，思想最接近，关系最密切，学问上、生活上益我最多的。所以，我写这信给你，并请转给郭丹看。我自己是这样治学的，可是限于当时客观条件，

形格势阻，无法这样教导你们以及下一届的三位研究生。这
是我最为内疚的。

　…………

世　南

2010 年 7 月 11 日晨，写于离退办阅览室，写完正上午 8 点

程千帆

　　抗战时期，不记得哪一年，在故乡吉安市书铺里买到一本绛燕女士的《微波辞》。全是新诗，但辞藻清丽，想象奇特，有一句似乎是"让风雨筑成我们爱巢的四壁"，给我印象非常深刻，使我联想到当年何其芳的一句诗："你的手指触摸处，每一寸光阴都变成黄金。"（大意如此）

　　但绛燕女士是谁，我一无所知，直到新中国成立后和程千帆先生接触后，才知道是他的夫人，《涉江词》的作者沈祖棻先生。新中国成立后，我看过这对贤伉俪合作的《古今诗选》，也看过程先生的《宋诗选》，很佩服。那时我正想给吴敬梓的《文木山房集》作注，有些典故不大明了，便写信向执教于武汉大学的程先生求教。他很客气，回信说，他也不了解，介绍我向四川大学的庞石帚先生求解。

　　后来"反右"斗争，程先生被打成"极右分子"，下放劳改，吃尽苦头。一直到"文革"，在那人人自危的年代，虽则自顾不暇，我仍然关注着他们贤伉俪的消息。

　　"文革"后的 1979 年 9 月，我到江西师院中文系工作。同事中有一位乡先生胡守仁教授，曾在武大和程先生同事。闲谈时，他告诉我："程千帆被打成'极右'，就因为他太狂，简直目中无人。"联系到他劝我求教庞石帚一事，觉得程先生并不狂，真正有学问的人，他是非常尊敬的。

　　武大强迫他"自愿退休"，南京大学匡亚明校长却请他去当博导。我想，他后来带出一大批"程门弟子"，蔚为国器，一方面固然由于感谢匡校长之"以国士待我"，另一方面未必不是讥诮武大个别领导的"有眼无珠"。

　　1982 年 3 月 8 日，我赴南京参加江苏人民出版社增选古典文学作品座谈会，12 日晚上特地去拜访程先生。现录当时日记如下：

　　1982 年 3 月 12 日，星期五，晴
　　……晚上至北京西路二号新村 4 栋 207 号访程千帆先生，接谈极洽。已七十矣，方患痔，近稍痊，晚食少许。二硕士研究生来，先生知余亦将指导研究生，因嘱旁听。程命两生读闻人倓《古诗笺》、高步瀛《唐宋诗举要》，写出补注二十条，欣赏笔记四十条。又告以书有雅俗之分：《佩文韵府》俗，《经籍籑诂》雅。又嘱勿买今人论文集，宜买古人全集。书宜自首至尾通读。二生既出（程言二人往就德文求教于陶老师。陶为程昔年朋友，自沈祖棻先生罹车祸后，与程结合，助程指导其

研究生之外语），与余续谈。对余拟撰《文史纵横谈》，谓可如朱自清写《经典常谈》。余谓不欲因人热，因举郭预衡君谈屈原爱国，孔、墨不然之说为例。程谓如此则十五万字只好写诗一个内容。余曰："书名可改。"先生颔之。对《清诗史》，则谓三五年不为功，当以八至十年完成之。即不成，亦可成《清诗论丛》以贻后人。余兴辞时，赠以近作二篇，并手书以赠。

这是三十一年前的日记，幸亏留此鸿爪，具见名家风范。尤其可贵的是经过此番亲炙，只觉先生善气迎人，循循善诱，使我如沐春风。胡守仁先生说他狂傲，也许历经坎坷，久已躁释矜平了。

先生为黄侃（季刚）弟子，黄先生切戒读"断头书"，故先生亦教弟子读书宜自首至尾。至谓《佩文韵府》俗，《经籍籑诂》雅，此自清儒朴学（又称实学）家法，治学必以通经为本。《佩文韵府》之类，不过供文人渔猎词华之用，真正的学人是不屑一顾的。记得朱东润先生曾说，民国时期，一些新文学家如陈源（西滢）、叶绍钧执教武大，有时备课遇到某些典故，去查类书，即为章黄门人的教授所笑。西南联大时期，刘文典之呵斥沈从文，亦出此种偏见。其实各有所长，不必相轻。再说到了千帆先生这一辈，新旧文学都已兼擅，学术研究与文艺创作都是并行不悖的。但在具体指导研究生时，程先生还是谨守正轨，示以周行。

1980 年，对毛泽东《给陈毅同志谈诗的一封信》，我写了一篇《关于宋诗的评价问题》，提出不同看法。发表前，先寄给千帆先生看。他回信说：

世南先生：惠书及尊著诗文，并已拜读。我因多病，已无精力细为推敲，只能提出下列一点意见，请考虑。

（1）不必提及致陈信。

（2）将致陈信发表后学术界有关此问题文章都看一下，然后分别是非，加以讨论。据我所知《武大学报》有苏者聪文，上海《学术月刊》有杨廷福文，张志岳《诗词论析续编》（黑龙江人民出版社近刊）有论宋诗文，《陕西师大学报》有霍松林文等。如此，可深入而不重复。

（3）写成后，似可考虑寄给吉林《社会科学战线》，听说他们想组织一组研究宋代文学的文章。

（4）一切引文，最好详细核对，逐一注明出处，书名，卷数，或页数，不要用"×××语"之类，以表明确系原始材料，并非辗转引录。

尊稿谨奉还，敬希原谅。石帚先生久归道山。知注并闻。

即颂

著安

程千帆顿首

12.8

程先生指导得很详细，但我并没有全部照他的话去做，仍然一开头就提出毛致陈毅那封信，然后分四方面去分析。

我那篇文章发表在《江西师范学院学报》1981 年第一期。发表后，程先生来了一封信：

世南先生：十一月赐书及放歌数章收到已久。弟自去秋即患中气不足，血压波动，时感昏眩，故于殷勤下问缺然久未报。嘱寄亡室遗词，年老昏忘，亦不知已寄奉否？如尚未收到，乞示知，以便奉呈请教。

先生所论宋诗各点，极有理致，阅报，似已为文刊于某杂志，甚盼见赐，以便诵习也。

《微波辞》是亡室少作。石帚先生已去世多年。顷承齿及，不胜怆恻。

尊诗苍劲斩截，似翁石洲，可喜也。

不能多写，乞谅。专颂

著安！

程十帆顿首

1.16

我把此文复印了一份寄给程先生。

此文发表后，《人大复印资料》复印了；《文史知识》

1983 年第 9 期所刊刘乃昌《关于宋诗评价问题的讨论综述》一文，杭州大学《语文导报》1985 年第 12 期所刊尚清《宋诗研究的最新发展》一文，都对我文加以评介。可怪的是台湾宋日希编《宋史研究论文与书籍目录》（增订本）第 138 页也把此文收进去了。《中华文艺年鉴》（1982）"值得注意的新说"栏特别指出："作者（引者注：指刘世南）明确地说毛泽东同志《给陈毅同志谈诗的一封信》对宋诗的否定是不符合事实的，而那些在《信》影响下随声附和的，也是'一叶障目'。"

这里补充一点那次在南京拜访千帆先生的收获。

那次程先生留下我旁听他给研究生上课，受到很多启发，概括一句话：对研究生的指导，主要是方法论的问题。课后，程先生和我谈：带先秦到南北朝这一段，（一）开出打基础的书目：经部（《易》《书》《诗》《礼记》《左传》《说文解字》《尔雅》《论语》《孟子》）；子部（《老子》《庄子》《荀子》《韩非子》）；史部（《史记》《汉书》《后汉书》《三国志》《晋书》《南史》《北史》）；集部（《楚辞》《文选》《文心雕龙》钟嵘《诗品》）。（二）博览部分。程先生刚提到《管锥编》，就有事打断了。后来我向自己带的研究生说明，上述打基础的书，并非三年内就要读完，只是研究先秦到南北朝文学，必须以此为基础。至于博览部分，我是主张古今中外文史哲打通的。我说，过去西南联大就重视三大沟通：文理沟通、中西沟通、古今沟通（《许渊冲：翻译字后面的现实》，《出版人》2011年第 9 期）。

千帆先生带出了一大批卓有建树的研究生，都已拥有大名，而且据说程门弟子团结得非常好，这真可以告慰千帆先生在天之灵了。

2014 年 9 月 16 日晚写完

吴小如

今年（2013）7月12日，在江西省图书馆文学库，发现了一本《莎斋闲览——吴小如八十年后随笔》。信手翻翻，碰到熟悉的名字，如檀作文，便翻来细读。直到随手翻到第289页，《学术"量化"误尽苍生》，看到"刘世南"三字，不禁大吃一惊。仔细一读，才知道是对拙作《救救青年，救救学术！》一文的反响。现先录吴先生原文：

从《开卷》上拜读刘世南先生的大文，十分钦佩，且深有同感。现在不少高等院校在学生获取学位和教师评定职称时，都要求当事人必须在某几家所谓"核心"刊物上发表论文若干篇，否则前途大受影响。这里面存在好几个问题。第一，这些所谓"核心"刊物，未必即是高水平、高档次的刊物，在那些刊物上面发表的文章，也未必都够得上高水平（据说有人在某"核心"刊物上发表了文章，得到首肯，达到了预期的目的，结果发现那只是一篇通讯报道，并非学术论文，也就蒙混过了关）。而某些非"核心"刊物，实际上它们发表的文章却达到了国际学术水平的质量（恕不列举刊物名称，免招广告炒作之嫌），但它们却被当权者屏之、拒之于"核心"之外。这就存在一个名实并不相符的问题。第二，所谓"核心"刊物，为数毕竟有限，投稿人为了功利主义目的，一味扁着脑袋希望在那里发表文章，自然不免粥少僧多。这就十分可能产生用不正当手段进行不合理竞争的局面，其中难免出现"走后门""托人情"之类的弊端。第三，由于拿学位或晋升职称硬性规定论文的篇数和每篇论文的字数，人们出于急功近利的目的，乃纷纷东拼西凑，以次充好，以劣充优，甚至不顾学术道德和职业道德，不惜攫掠他人成果以充自己门面，只求篇数、字数过关，不问内容有无价值。最终结果，便如当前舆论所形容的：教授多如牛毛，"博导"一驳就倒；学校年年扩招，而废品充斥社会。

要想使学术界纯化、净化，实现国家早就提出的"尊重知识，尊重人才"的号召，那就必须改革教育体制，改变培养人才的方式方法，废除学术上"量化"现象而真正做到重质不重量，把伪学术、伪科学、文化泡沫、文化垃圾彻底涤荡干净。

原载二〇〇四年三月第五卷《开卷》

　　引起吴老重视的拙作，是一篇散文，题为《救救青年，救救学术！》，发表在《开卷》2003 年 12 月第 4 卷上。现抄录如下：

　　拙作《在学术殿堂外》（以下简称《外》），今年四月在中国文史出版社出版后，九月中旬，我先在本校（江西师范大学）文学院，作了一次学术报告。

　　开宗明义，我就引南京大学董健先生《失魂的大学》中的一段话："搞教学、做研究、写论文，只不过是为了拿学位、上职称。而拿学位、上职称又是为了很实在、很功利的目的——或谋官位，或寻商机，至于对学问本身并没有什么兴趣和热情，更谈不上前辈学者那种'衣带渐宽终不悔，为伊消得人憔悴'的痴迷忘我的精神了。等而下之者，便是包装炒作、欺世盗名、抄袭剽窃，等等。——这就是学人失魂，大学失魂。"

　　引了董健先生这段话后，我简括《外》的主要精神："勿以学术徇利禄。"我痛陈当前种种学风腐败的现象，认为其关键就在于"以利禄劝儒术"，结果必然是"以儒术殉利禄"（章学诚《文史通义·原学下》）。

　　当时整个大教室里，反响热烈。

　　十月中旬，承杭州师范学院和浙江大学两校的人文学院邀请去讲学。十一月中旬，福建师大和集美大学两校的文学院和师院中文系也向我发出邀请。

在上述四校，我在讲学时，着重指出：

（一）勿以学术徇利禄（这也是拙著《外》第一章的标题）。我引诸葛亮《诫子书》所言："夫学须静也，才须学也。非学无以广才，非静无以成学。"我说，这"静"，不但指环境幽静，更主要的是指内心宁静，不让名利干扰。这也就是古希腊哲人所言："闲暇出智慧。"我引拙著《外》原文，明确表示反对把学术成果和职称、工资、住房等挂钩。我念江苏省社科院文学所原所长萧相恺给我的信（他是我的学生，读了拙著《外》后给我来信）："学术体制催生学术腐败、学术浮躁，各种考核逼得人'短、频、快'地制造学术垃圾；研究生在参加答辩前，得在核心期刊发两篇学术论文；每个研究人员，每年得在核心期刊发表若干篇论文，否则考核下来便是不及格。一切都量化。为了应付，他们还能怎么办？哪还有时间读书？有些研究人员说，按照这种考核方法，钱锺书先生也可能连续几年不及格。而连续三年不合格就得解聘。不很有点'驱良为娼'的味道？"听者无不动容，唏嘘感叹。

（二）我强调：人文社会科学工作者，如果著书写论文，需要引经据典，那就必须打好扎实的国学根底，以免郢书燕说，贻误后生。但我强调指出，我反对小学生普遍读经。我说，中国现在急需现代化，而传统文化绝不可能生产出现代化来。我说，袁世凯、何键提倡读经是为了愚民，我们今天为什么要从"五四"倒退？

（三）关于著书立说。我引李慎之先生的话：著书必须有政治大方向：是赞成民主与科学，还是赞成专制主义？由此可见其学术研究有无现代精神。我强调指出，现代化的核心是民主化。

我在上述四校发表这些意见时，听众都报以热烈的掌声。前三校的听众，全是硕士生、博士生、博士后、外国留学生，以及有关的老师。集美大学全是本科生，这些年轻人更是热情洋溢，不断递条子和我交流，使我十分感动。

我从厦门一回到南昌，就得到浙大朱则杰教授的来信。其中有一段说，就在我在浙大讲学"以后没几天，听说林（家骊）先生有一位博士生疯掉了，可能是博士阶段硬要在某级刊物发表多少文章压力太大，不堪重负，以致如此。想来当今读研究生也真不容易。此等不合理规定，亦赖先生在《在学术殿堂外》续编予以指出才好，庶几可以改变它"。

我看了这段话，简直错愕莫名，气愤不已，眼前不断浮现出当时浙大人文学院会议室里济济一堂的听众形象。我不知疯者是谁，但可以肯定他当时一定在座，因为他的博导林家骊教授就坐在我左边，而且送了我一张名片。我记得，讲学结束后，廖可冰副院长还请朱则杰教授带了两位博士生、两位硕士生陪我去参观原杭州大学的校园。当时这四位年轻人非常热情地和我交谈，彼此交换通信地址、电话号码。他们还写了各自的籍贯、学历给我，希望和我以后保持联系。有一位说："我早就读过您的文章，充满激情，一直以为您很年轻，想不到是八十岁的老先生呀！"

我不知道现在疯了的到底是谁，是这四人中的一个，还是他们以外的。但是，可以肯定，有一个博士生是疯了！——想到这里，我潸然泪下。我呼吁，以一个八十岁老教师的身份呼吁：救救青年，救救学术！

二○○二年十一月二十二日于江西师大

写完上文，看到《书屋》上所刊何中华先生的《学术的尴尬》一文，对学术成果量化做法的来历及弊端，论述得十分全面、深刻。希望更多的人起来大声疾呼，改变这种不合理的措施。

我没想到当年的呼吁，竟得到了小如先生桴鼓之应。更没想到从 2004 年到现在 2013 年，十年了，我才听到这宝贵的反响。

可以告慰吴先生的，是我一生实践了"不以学术徇利禄"的诺言。请看以下一篇短文：

不以学术徇利禄

我 1923 年出生，今年（2010）八十八岁了，可仍然天天坐校图书馆，又读又写，从没闲过一天。我认为退休生活的这二十一年，才是我最幸福的时期，因为我可以一心一意研究学问，著书立说。

学术研究，是我主要的生活内容，也是我的生命价值。我从事科研，不是为了职称、奖金，以及其他福利，而是为了自己是知识分子。知识分子的天职就是继承和发展知识，以服务于国家、民族和人类。这就是我为什么越老越意气风发、斗志昂扬的缘故。

今年7月4日上午，我应邀参加北京大学"知行合一"论坛，作为VIP，因为我最老，坐在主席台正中，左边是北大周其凤校长、南开大学陈洪副校长；右边是乐黛云先生和北大中文系漆永祥副主任。面对着台下几百位来宾，我自我介绍："我是北师大启功先生说的'高中生，副教授'。"我之所以要这样说，是因为要说明，尽管我只是高一肄业，但是由于坚持自学，又碰到好机会，老学生汪木兰、周劢馨等推荐我成了大学老师。那我为什么只是副教授呢？那是因为我不以学术徇利禄。

在这里，我要特别谈谈这个问题。

我可以断言，用利禄来对待学术，只会扼杀学术，而不会发展学术。这些年来，学术界为什么这样腐败，原因就在这里。学术研究如蚕吐丝，蜂酿蜜，怎能规定每年要发几篇论文到核心期刊上，一年要出几本专著？这是急功近利，揠苗助长，徒然造成弄虚作假的风气。这样搞下去，钱学森发问之谜永远也解决不了。

我早就看透了这一点，所以，我只走自己的路。事实怎么样？我不求名，而名自至。比方《文艺研究》，那是一级刊物，《文学遗产》主编陶文鹏先生却请郭丹教授写我的访谈录发表在这刊物上。我并不认识陶先生，他是因为看了我在《在学术殿堂外》中批评了他的导师吴世昌先生，认为批评得对，所以主张把我推介出来，让国内外学术界知道我们中国还是有踏实做学问的人。

我讲这些，用意在奉劝知识分子：不要去追求浮名浮利，更不要去弄虚作假。工资少一点，住房小一点，物质生活清苦一点，那有什么关系？我精神生活充实，仰不愧于天，俯不怍于人，不好么？何苦搞学术腐败，即使尚未被揭露，也是提心吊胆，惶恐不安；一旦东窗事发，几乎被唾骂得置身无地，寿都要短几年，何苦啊！

我在北大中文系为研究生讲学时，以及次日在"知行合一"论坛致辞时，都特别提到，希望北大继承并发扬蔡元培和胡适的办学精神。最近《南方周末》刊出易中天、王晓明等学人的《教授的〈围城〉》，从反面论证了违背蔡、胡的办学精神，必然产生钱学森之问。

我还是坚持自己的座右铭"High thinking, plain life."（高尚的思想，平淡的生活）。

　　这篇文章本是省内一家刊物《老友》征稿，江西师大离退办请我写的，后来不便发表，就刊在离退办自办的《学术与健康》上。这样更好，等于我向师大离退休教工们表了一个态：我决不以学术徇利禄。

　　可惜我直到 2013 年才发现吴老那篇热烈支持我的文章，否则 2010 年那次去北大，一定会去拜访吴老。

　　虽然他现在因病不能再读与写了，但我们的心是相通的。我会请檀作文先生把这篇文章的内容告诉他。

　　更可告慰他的，是最近《中国青年报》2013 年 7 月 29 日第 2 版，刊布了厦大谢泳教授的《"课题至上"可能毁了文史哲研究》一文。此文给了我很大的鼓励。他说："今天好的人文研究，多数不是'课题至上'结果下的产物，而是民间自发的学术研究。每到年底，我们看看各大书店受到读者欢迎的学术著作，有几种是'课题至上'的成绩？"因为"文史哲研究有自身的学术特点，也有自身的学术尊严"，"有尊严的学人，要自觉保持清醒，在举世皆浊的环境中，有一点我独醒的意识"。

　　我可以自豪地说，自到江西师大中文系（文学院）工作以来，我出版了十几种书，没有申请过一分钱的科研经费。可是我的《清诗流派史》被人民文学出版社作为经典著作推出。

　　我并非无自知之明，人称"经典"，我就真以为"经典"。

是否经典，得让时间证明。我已说过，蒋寅将远远超过我。但可以问心无愧的是，我是遵循李慎之所说"政治大方向"来著书立说的。"自我肺腑出，未尝只字篡。"

在这一点上，我和吴小如先生也是有同心的。

2013 年 8 月 2 日下午写完

以上是去年 8 月 2 日写的，曾寄首都师大檀作文先生转呈，因为听说吴老已卧床不起，便请檀先生读给他听。据檀先生电告，吴老听了，非常感谢。谁知今年（2014）5 月 11 日，他就永远离开了我们！千言万语，无法表达我的哀恸。

愿吴老永远活在后世人的心中！

2014 年 7 月 2 日

董　健

　　我本对董健先生一无所知。2003 年 9 月某日，偶然在校图样本书库的新书架上，看到他的一本《跬步斋读思录》，随意翻着，翻到一篇《失魂的大学》，认真读后，觉得跟我在《在学术殿堂外》所表达的意见完全一样，真像当年苏轼初读《庄子》，叹曰："吾昔有见，口未能言，今见是书，得吾心矣！"（《宋史》本传）当然，我并非"口未能言"，而是已经笔之于书了。所以，我看董先生此文，确有跫然足音之喜，深幸吾道不孤，觉得彼此真如笙磬同音，桴鼓相应。特别是看到他当了南京大学五年副校长后，不愿从学者变成官僚，坚决摆脱，这是一种什么样的思想境界！报刊上屡见呼吁高校"去行政化"，说是四五个教授争当一个处长。比起董先生，其思想境界的高低，简直不可以道里计啊！所以，2009 年元月 26 日（牛年正月初一），我在《赠周葱秀教授》一诗中说："富贵浮云见董周（南京大学前副校长董健，任职五年，终辞去；周君亦终辞井冈山学院院长不为），双峰并峙俯群流。"

于是，我把拙著《在学术殿堂外》寄了一本给他。

他很快给我寄了一本《跬步斋读思录》来，扉页上写着：

世南先生：

大著收到，十分感谢！我对大学的一些看法得到您的认同，亦给我不小的鼓励。大学教师今天大都已麻木，您的态度使我得到安慰。为表谢意，寄上拙著小册子一本，望笑纳。

此上，即颂

著祺！

董健

2002 年 9 月 25 日

我立即回信：

董健先生：

收到惠寄大著，十分高兴！我虽已进入八十一岁（十月十五日是我的生日），血热仍如青年。平时固然常翻古书，而更关心的却是时贤的论著。在我心目中，今人我最尊敬顾准、李慎之等思想家。日常爱看的是《随笔》《读书》（尽管我不喜新左派）、《战略与管理》……很多好刊物校、院图书馆都没订，看不到，很焦急。您交游广，务请介绍一些好刊物、好著作给我，我一定要找来看。我认为秦晖、刘军宁等人有思想，可没全面了解他们有哪些著作，您能介绍一下吗？当然，不止他们两个。我是佩服您的，因为您能撇厩官职。单凭这点，您就迥出时流之上。

前几天（9 月 26 日）我给本校文史两系的研究生讲了一次"治学的目的与方法"，开头就引您的《失魂的大学》中的两段话。我着重谈怎样著书立说问题，猛烈抨击剽窃现象，以及其他学术腐败现象，要求年轻人勿以学术徇利禄，一定要一主两翼。一主即独立思考，两翼一为打下坚实的功底（《在学术殿堂外》第七章以高翔的《近代的初曙——18 世纪中国观念变迁与社会发展》为反面例证），另一为培养理性思维能力。当时反映很热烈，但事后却"曲高和寡"，认为无法实践。我虽然公开宣称，现在高校这样硬性规定论文和专著的数量、发表刊物的档次，把这些跟评职称晋升等名利挂钩，实在是扼杀学术。但是老师学生都反映，"人在屋檐下，谁敢不低头"，于是粗制滥造、弄虚作假等现象层出不穷，愈演愈烈。我曾与好友私下谈过：这比始皇焚坑、明太祖专考八股，对读书人的摧残更严重。《国朝汉学师承记》里大小学者，很多人用八股文作敲门砖，获得功名以后，才真正专心治学。而现在这样，逼得在编教师只能继续以学术徇利禄。试问，除了生产学术垃圾和文化泡沫，还有什么？这和发展学术完全相悖。

十月十三日，我将到浙大人文学院与研究生座谈，十四日与杭州师院古典文学教师座谈。十一月上旬还要到福建师大去讲。这几处都有些人看了我的《殿堂外》，所以邀我去。我仍将引用您的话去发挥，去呼号。这种时候，我常想到梁启超两句诗："十年以后当思我，举国如狂欲语谁。"

再告诉您一件事：吴江，《实践是检验真理的唯一标准》一文的定稿者，他最近给南昌市一位朋友写信，竟提到我："听说江西师范学院有位刘时南先生，熟读四书五经，不知你认识否？为学要多交朋友，互相切磋辩难。"真怪！这位大秀才怎么会知道我？从信看，把"师大"错成"师院"，"世南"错成"时南"，可见是道听途说。从下文看，似乎认为我这人还可结交。这不怪吗？吴老的书和单篇文字我都看过，可仍然捉摸不清他的思想。何况我虽然背诵了十二年线装书，一辈子也不停地批阅古书，然而我却绝对反对今日的"儿童读经"。我一生追求民主与科学，他真能和我同调吗？

就谈这些，您如事忙，可简单回我几个字——我是以您作真正的导师的。

High thinking，plain life 是我的座右铭。

顺颂

秋祺！

刘世南

2003 年 9 月 30 日得书后即回。

请认真看完我的《殿堂外》，这样，你就会真正了解我。

半个月后，得到他的回信：

世南先生：

九月三十日大函拜悉。《殿堂外》已读了一半。昨天参加全国科协京宁调查学风问题的座谈会，我推荐此书，被他们拿走。说是要归还的，只是不知何时归还。当即叫学生去书店买，未买到。先生提到的秦晖、刘军宁，此二人不在国内。但前天秦晖从美国回来，路过南京，吃饭时我说："江西有一个十分博学的刘世南先生在信中提起你，很看重你。"他夫妇颇受鼓舞。您的《殿堂外》如还有，不妨寄一本给他，算是建立联系吧。最近他在国内地址（世南按：从略）。

我觉得目前国内国学功底强于先生者恐难寻。能背十三经，固然难能可贵，但还不是最可贵的。最可佩的是先生虽熟知四书五经，而思想观念却甚新，对时代脉搏的感受是那样的敏锐。我有一个看法不知对否：如果在精神上"乏力"，肚里的书只是垃圾；但如果精神上有力，连垃圾也会化为宝。那天吃饭时，我提到您尊敬顾准、李慎之，又认为秦晖等有思想，可您本人是研究古典文学的，在座者无不惊喜而感叹。我所知的一些老先生，也很有学问，但对现实问题的看法却十分迂腐可笑。

您看我的随笔集即可知，我是建国后上大学的，一砣现行教育制度煮成的"夹生饭"。"文革"后想补课已不可能。现在大学里作"骨干""带头人"的，大多是我这样的"夹生饭"，有的还不如我。中国教育遭受的破坏太严重，中华民族将长期为此付出代价！

我从十月二十日起将外出，先上海，后北京，大抵十一月中旬才会回到南京。知您讲学大概差不多也回到南昌了。匆匆写上几句，以后再联系。

祝

身健笔亦健

董健顿首

2003 年 10 月 17 日

我回信如下：

董健先生：

重新寄给您的那本《殿堂外》，您收到了吗？我从杭州回来后，最近又将至福建。本想福建回来后，静下心来，再给您写信。昨天偶然在系资料室借到一本葛晓音的《唐诗宋词十五讲》，翻开一看，原来是"大学素质教育通识课系列教材"之一，而您便是编审委员会的委员之一。恰好同时借到 Remember，林贤治等主编的，第二册。看了利季娅的《索菲娅·彼得罗夫那》，蓝英年译的。又看《利季娅被开除出作家协会》，也是蓝译。看着这两篇，我想起王国维引述尼采的话："世间之书，余嗜以血写成者。"请看利季娅如下一段文章："我想一个螺丝一个螺丝地研究这架机器如何把充满活力精力的活生生的人变成冷冰冰的一个尸体。必须对这架机器做出判决，并大声喊出。又不能销账，在上面心安理得地打上'清账'，而要解开其原因和后果的线团，严肃认真地一环扣一环地加以分析……千百万农民被划入'富农'或'准富农'一栏，被驱赶到荒无人烟的北方，驱向死亡。千百万城市居民被划入'间谍、破坏分子和人民敌人'一栏，被关进监狱或劳改营，整个民族被指责为叛徒，从他们祖居地驱赶到异邦。是什么把我们引入前所未有的灾难，国家机器为何扑向毫无还手之力的人呢……这样的事是何时发生的……（研究它们）这是今天主要的工作，并且是刻不容缓的工作。应当号召人民，勇敢地反思过去，认识过去，那时未来的道路才会清晰。如果我们工作做得及时，今天便不会审判言论了。"这是1968年斯大林逝世十五周年之际写的，可在苏联还是不能发表。但文章不胫而走，很快流传到国外。

利季娅的胆识是惊人的，正如蓝英年所说："中国同样没有'在这里在那时'真实地写'反右'、写'大跃进'和写'文革'的作品。大家都吓破了胆。"

我，八十岁的人，年轻时那样的狂热，拼命追求，为什么收获的却是"红色高棉""北朝鲜"的暗无天日、惨绝人寰？

这些天，我在看 *The Ends of History and the Last Man* 中译本。自由民主制度自然优于极权主义，尽管它的剥削、压迫不合理，但正如罗斯福新政所揭櫫的"免于匮乏的自由，免于恐惧的自由"。而这些，只有真正的民主才能实现。

高明如先生，人类社会前行的道路到底怎么走？中国的前途是什么？我希望听听您的意见。

学术研究的目的只有一个：对人类现实的终极关怀。我研究古典文学，从来有个明确的目的：剖析古代士大夫的心灵史，看他们怎样辗转在专制的屠刀下和精神的枷锁中，逐渐清醒，走向人民，把改革现实的希望由上瞻变为平视。

我其实更爱好的是思想史、文化史的研究。即祝

秋祺

刘世南

2003.11.7 下午

发此信后，因得浙大人文学院朱则杰教授函，提到林家骊博导的一位博士生疯了，我写了一篇短文《救救青年，救救学术！》寄给董先生。他的回信如下：

世南先生：

大函、诗作及短文一篇均收悉。最近我要到韩国去一趟，

办签证等事，颇为忙乱，没有及时给回信。江苏有一小刊物办得颇有品格，很得国内学界看重。这个小刊物叫《开卷》。我已将您的短文推荐给他们发表。我还准备写一短文推荐《在学术殿堂外》。另外，您的短文，我还想叫我的学生把他上网以扩大影响。

吴江其人，据我了解，也是属于思想解放一派的，与之交，不会有什么问题。

慎之去世时，我本想写点东西，当时正杂事缠身，没写成。我的挽联，他女儿请人写成大字挂在灵堂，听说某"当权派"看了，颇不快。与慎之饭席上所言查良镛事，福建朋友没有传错，是那么回事，好笑！

新年在即，祝您全家新年愉快，合家幸福！

董健顿首
2003.12

一直到次年（2004）3月17日，我才给他去信：

董健先生：

不知已从韩国回来没有，我每天忙着注释《清文选》，也没有函候。今因收到大陆版的《清诗流派史》，趁寄赠拙著之便，写几句话。

昨夜给袁伟时先生写了一信，现复印一份寄您。要讲的话都在上面，想听听您的指导。

《开卷》及时收到，谢谢！

萧相恺来信说，他也认识您。萧为人还是耿直的，可以深交。秦晖先生近况如何？遵嘱曾寄一本《殿堂外》给他，迄未得其复书，不知收到没有。便中乞为代候。看了《殿堂外》，再看《流派史》，该能多了解一点我的微言。

《广角镜》曾谈到"曹破产"和吴敬琏各自举行了一次民间修宪讨论会，许多观点不为当道所喜，这很自然。吴江老久未来信，我曾作一文言文为他祝寿，亦无回音，不知是否病了？现也复印一份寄您，也想听听您的意见。

希望您介绍几种好的刊物给我。

刘世南

2004.3.17 中午

附致袁伟时先生函：

伟时兄：

承颁大著《帝国落日：晚清大变局》，一收到，立刻细读。早已读完，有许多话要和您说，无奈应约为人民文学出版社选注一本《清文选》，竟定不下心来对您一倾积愫。现在收到该社寄来的《清诗流派史》样书，趁此寄书之便，一定要吐吐心声。

最近读了《中国农民调查》，更坚定了我的信念。

我看您的《帝国落日》，全是借古讽今，而且新见迭出，我每每在快心处批注。

中国青年，就我接触到的本科生和研究生而言，完全不像我们年轻时一片爱国心。他们现在只注重个人私利，至于国家、民族、人类前途，全不放在心里，这怎么得了！我以为，一是没有培养人民的民主素质，一是使青年（尤其是大学生）都成为鼠目寸光的人，这是最可怕的事！

我已八十一，仍然渴望中国能富强，国家早日实现民主与法治。

并祝大安

刘世南

2004.3.16 夜

附《吴江先生颂》：

余既盥诵吴老《十年的路》，三日而毕矣，忆儿时读《颜氏家训》有云："吾每读圣贤书，未尝不肃然敬对之。"吾于吴老是书亦然。於乎！持论明通，写心宛转，盛矣烈矣，蔑以加矣！

自成童时，东夷侵轶，余始有忧国之志。稍长，读艾思奇《大众哲学》，而知卡尔、伊里奇之书，以为救亡兴国且致斯世于太平者胥赖于是，遂如河之始决，川之始下，一发而不可收，孜孜以求之，以为民主政治之实现可指日而待也。

吾读吴老书而敬其为人，尤冀其能诏我以既有自由又有平等之路。是路也，吾十三亿同胞所向往之神圣大道也。我江右小儒，伈睨无似，乃见知于吴老，则以王春瑜先生为之介。而吴老罔识其愚，欲求方闻，乃如颜子之以能问于不能。於乎！吾何幸而得此于并世大贤哉！

吴老今已八十晋七，仁者必得其寿，固无俟下走献曝言以为华嵩之祝。而吾所以为此文以为永锡难老之颂者，匪惟一己之私，乃为中国公民馨香以祝吴老：鸿文博学，如卫武公之享遐龄，益为我国人导夫先路，以造福于我神明华胄也。

2004年6月9日江西师大东区大螺居

这次隔了三个月才回信：

世南先生：

二月来信早已收悉，总想找个机会放开来说一些事，所以回信就一拖再拖。韩国回来后，就忙于学校杂务，加之有两本教材要出版，被出版社盯住，难以抽空坐下来与您谈心。看了您给伟时兄的信，我便视之如给我的信，感到亲切、心心相印。现在不说社会腐败，大学的腐败更远在我们的忧虑之上了。

所赐大作未能细读，只翻了几节，觉得论旧诗而立意却新。特别是能引到年轻人朱晓进的话，叫我吃惊。——一般论古典文学者是不会知道小朱的，连南大、南师大的古典教师也不引小朱。这就是您的可贵之处。您是古典领域里的"另类"。我敢放言，我国古典文学研究，如果不多出一些您这样的"另类"——政治敏锐，思想求新，是不会有大出息的。

暑假已近，先生有什么计划？我本想抽空读点书，但又有一个计划诱惑太大——6月23日将赴希腊参加戏剧节，顺便游欧，大致7月中旬才能回来。我想，再不给您写信，又不知拖多久。所以先说这么几句，以后再联系吧！

此上，即颂

夏祺

董 健

2004.6

秦晖我也久无联系，可能在国外。又及。

因为《文汇读书周报》今年（2004）7月2日发了张国功先生的《治学重在打基础——读〈在学术殿堂外〉》；葛云波先生又在7月15日《光明日报》上发了《清诗研究的"经典性成果"》，其中提到王晓明先生的《思想与文学之间》，而这套"鸡鸣丛书"是董健先生主编的，我便写信向他索取。

他回信如下：

世南先生：

您好！

7月18日信拜悉。去希腊一周多，收获并不大。我不喜欢旅游，想看看希腊悲喜剧原汁原味的演出，但演出被现代化了。现在学术会议都被旅游冲淡，也是"后现代"的，所谓"世俗化"之一，很难叫人满意。但有些真正的现代国家（美、英等），学术会议还是认真的。我写教育之文，已发在《钟山》今年第四期，请指正。

您要的"鸡鸣丛书"，我这里不全。寄上几本供参考，也请指正。一本《戏剧艺术十五讲》，是老教材，也给您看看，请多批评。

此上，即颂

夏祺！

董健

2004.8.16

《光明日报》文已阅，评阁下大作颇好。惜《文汇读书周报》文未读到。

又及。

给我意外惊喜的，是2005年8月22日，董先生来南昌，参加全国戏剧研究会。次日上午，他偕夫人华先生，由其老友南昌大学张教授陪同，到我家来叙谈。由九点半谈到十一点，才一道去参加午宴。

当时的日记是这样记的：

（1）看完我《从〈述学〉的标点谈到读经》一文，他表示完全同意。

（2）我请华先生看《从袭人告密说开去》一文。此文不仅讽刺舒芜，也抨击一切告密行为。

（3）香港的一个刊物，前些时候将南京一次大款宴会上董的发言（记者加上他人的话）与照片一齐刊出，引起注意。

董今年（2005）六十九岁，学生已为其做七十大寿。

董是山东寿光人，华是江苏江阴人。1991 年华曾到阿根廷教汉语及中国文化课。不幸摔伤，至今未痊愈。董告诉我说，华在南大教西班牙语。

自那次会面后，彼此都忙，没再联系。现在是 2014 年，董先生也已七十八岁，我则九十二岁。"海内存知己，天涯若比邻。"我们永远是心心相印的。

2014 年 10 月 21 日写完

张国功

大家尊敬而亲切地称他"国功兄"。九十岁的我，也从众这样称呼他，尽管他比我小将近五十岁。

2003 年，他在百花洲文艺出版社工作。那时我的《在学术殿堂外》刚刚出版，他托我一位同事来要一本，不久，就写了一篇书评发表在上海《文汇读书周报》上，并转送我一份。我发现他对我的治学观点和方法很为重视。现照录如下：

治学重在打基础
——读《在学术殿堂外》

这句平常之语，是年过八旬的刘世南先生新著《在学术殿堂外》（中国文史出版社，2003）一书所收文章之一的篇名。另外的六篇为：《勿以学术徇利禄》《刊谬难穷时有作》《平生风义兼师友》《我自当仁不让师》《怎样培养中国古典文学的研究人材》《不能再轻视基础培养了！——谈当代人文社会科学学术研究的一个关键问题》。书中所述，按郭丹先生序言中所说，主要是三部分：一是根据先生自己几十年的治学体会谈如何打好基础、培养古典文学研究人材；二是多年学术研究、古籍整理匡谬正俗的文章；三是师友交往录，亦可见出作者的学术功力与襟怀。薄薄一册述学之作，深蕴着作者一生读书治学的深切体会。贯穿于其中的一个主要思想，即读书要打好基础与根底，这一"老生常谈"在今天读来尤为发人深思。

作者只读完高一即因家贫而辍学，但自幼在父亲指导下读过十二年古书。像那个时代的多数读书人一样，先生启蒙从传统的"小学"入手，如朱熹编、陈造注的《小学集注》"四书"《诗经》《书经》《左传》《纲鉴总论》等，全部背诵，由此打下了扎实的基本功。而后终生对学问念兹在兹，无一日嬉戏废书。即使长期在底层从事中学语文教学的非常岁月，依然是无视窗外风雨，手不释卷，仿照古例，刚日读子，柔日读英文，博览群书。成为大学教师后，连除夕下午还在图书馆看书。"忆昔每岁除，书城犹弄翰。万家庆团圞，独坐一笑粲。"至今依然孜孜不倦，主持着《豫章丛书》之审定工作。先生之古典文学研究近于通史式，而对清诗尤有专攻。"心劳十四载，书成瘁笔砚"，终成《清诗流派史》（有台湾文津与大陆人民文学版）一书，为学界众所推重，将其与徐世昌《晚晴簃诗汇》、邓之诚《清诗纪事初编》、钱仲联《清诗纪事》、袁行云《清人诗集叙录》、钱锺书《谈艺录》、汪国垣《汪辟疆文集》、钱仲联《梦苕庵论集》、严迪昌《清诗史》共誉为清诗研究九种经典性成果。

　　海外华裔学者杨联陞生前写过很多纠谬文字，海外学人谓其 watching dog，视为畏友。"我自当仁不让师"，作为视学术为天下公器而不能已于言的纯正学人，世南先生于匡谬正俗文字，可谓终生践行，乐此不疲，如其诗所言是"刊谬难穷时有作"。七八十年代，先生即著文对郭沫若《李白与杜甫》一书进行批评；对毛泽东《给陈毅同志谈诗的一封信》中"宋人多不懂诗是要用形象思维的"一说提出质疑。这种不趋流俗而敢于质疑的做法，在学界引发强烈反响。至于文字指瑕，从书中所举例看，涉及的对象中知名学者及著述即有朱星《〈金瓶梅〉的作者究竟是谁》、吴世昌《词林新话》、周振甫《严复诗文选》、王水照《苏轼诗集》、邓广铭《邓广铭治史丛稿》、葛兆光《从宋诗到白话诗》、黄维樑《中国诗学纵横谈》、余英时《陈寅恪晚年诗文释证》、赵俪生《学海暮骋》、章培恒与骆玉明《中国文学史》、季镇淮《来之文录续编》、侯外庐《中国早期启蒙思想史》、汤志钧《近代经学与政治》等。以余英时释陈寅恪"弦箭文章那日休？权门奔走喘吴牛。自由共道文人笔，最是文人不自由"一诗为例。余氏坦陈："'本初弦上'疑亦有直接的出处，一时尚未捡得。"但他又大胆论说："但据《后汉书》本传，他击公孙瓒时曾'促使诸弩竞发，多伤瓒骑'。陈琳为袁绍作檄，也特别强调'骁良弓劲弩之势'(《三国志·魏志》卷六引《魏氏春秋》)，足见袁绍的弦箭是出名的。"刘先生指出"本初弦上"出于《文选》卷四四陈琳《为袁绍檄豫州》一文，李善注："琳避难冀州，袁本初使典文章。作此檄以告刘备，言曹公失德，不堪依附，宜归本初也。后绍败，琳归曹公。曹公口：'卿初为本初移书，但可罪状孤而已，恶恶止其身，何乃上及父祖耶？'琳谢罪曰：'矢在弦上，不可不发。'曹公爱其才而不责之。'"因此，"如黄祖之腹中，在本初之弦上"，"是说自己为每位府主撰写的文稿，虽然都能像祢衡为黄祖撰稿那样恰如其腹中所欲语，得到府主们激赏，但是所有这些文稿的内容，都不是自己内心所要说的，只是被迫为人作嫁罢了"。而余氏之义，恰恰是相反的误释。这些摘谬文章，固然体现出作者"当仁不让于师"的学术勇气，更反映出作者学殖之深厚。先生的切身体会是，包括注释在内的治学，不是仅依靠工具书就能做好的，关键在于读书；电脑也不能代替博闻强识，倒是在博闻强识的基础上利用电脑才可以事半功倍。一言以蔽之，治学必须根底深厚扎实。国学大师黄侃有"八部书外皆狗屁"之说，他对《说文》《尔雅》《周礼》《文心雕龙》《广韵》《诗经》《汉书》《文选》最为精熟。世南先生对此旁批："黄君用清儒之法治学，故其次第如此。今日治文学者，《诗》《左》《史》《汉》《选》《龙》为根底，再博涉历代诗文，斯可矣。而新文学及外国文学尚须旁求。"他平日爱读古人与时贤的年谱与传记，特别留意其读书方法，由此形成自己铁定的原则，一是强调打下扎实基础。研究古典文学，尤其是校注古籍的，一定要对经史子集有个全面了解，就是直接阅读原著。二是对主要经书如"四书"《书》《左传》、子书（《老子》《庄子》内篇）、集部（《文选》《古文苑》）等必须熟读成诵。庖丁解牛"以神遇而不以目视"，达到了"道"的境界。在先生看来治学所以重背诵，道理与此相同。"背诵，不但能使你熟悉文本，而且能激发出你的灵感，你会联想到很多看似无关其实有用的知识。要知道，学术本来是一个天然精巧的有机总体，你彻底地熟悉了它的主要部分，其他部分自会被你搜索、钩连起来。邢邵说：'读书百遍，其义自见。'背诵才会熟。"这种熟能生巧的读书方法，听来无非是一己之经验与无法之"笨办法"，但细细深思，却可以说是读书之不二良方。学界一度有鼓吹小学生读四书五经之风，先生对此明确表示反对，但他认为，"大学文科生，尤其是从事人文社会科学研究而又涉及国学的，却必须补上基础培养这一课"。他赞同冯天瑜所持大学生"对文化元典熟读成诵，再辅之以现代知识和科学思维训练"的做法。当前复旦大学等高校中文系提出精读元典，可谓切中时弊，与先生所论相合。至于高校中文系古典文学教师，先生提出不管其所获为何种学位，都必须能背诵《论语》《孟子》《书经》《诗经》《左传》《礼记》;《老子》《庄子》《荀子》……

其他经子要全部阅读，并做读书笔记，保证阅读质量"。对当下古籍整理硬伤累累、出现"危局"的情形，先生忧心如焚，屡次著文呼吁。究其原因，他认为即是基本功不够之故。他将古典文学研究人才的培养分为七个步骤：精读打根底的书；博览群书；确定主题，力求搜齐资料；观点由资料中提炼出来；著作必古所未有，后不可无；要学会写古文、骈文、旧诗词；不受名利诱惑。在学风浮躁的今天，先生之言初听或有"老八股"之迂，但在他是"心所谓危，不敢不告"。

强调读书治学的基本功，并不意味着先生的迂执守旧。让人惊讶的是，先生以"小学"为根底，且年过八十，但并不囿限株守于古典一门。从其学术自述中，可以看出其对各种新方法的涉猎与吸取。其阅读之范围，令今天的年青学人也当叹服。2002 年新出有宋云彬日记《红尘冷眼》，刘先生即注意到宋指侯外庐"文章全部不通，真所谓不知所云。然亦浪得大名，俨然学者"的评价，并引入其指瑕文章中。自述中提及的其他人文社科新书，举凡有《李泽厚文化随笔》《浮生论学》、王元化《九十年代反思录》、吴江《文史杂记》、袁伟时《中国现代思潮散论》等。平日所读刊物则有《随笔》《文学自由谈》《博览群书》《战略与管理》《学术界》等。"作者则爱李慎之、王元化、李锐、严秀、蓝英年、何满子、秦晖、刘军宁、胡鞍钢等。"先生明言，知古是为了知今。其思想与文字充满激情，与先生时时警惕坠入"知古而不知今，谓之陆沉"这种泥古不化之学术自觉大有关系。"学之兴衰，关乎师友。"先生治学的另一经验，即是转益多师，多向大师请教问学。他蛰居僻地，但通过广泛交游，与马一浮、杨树达、王泗原、马叙伦、庞石帚、钱锺书、吕叔湘、朱东润、屈守元、白敦仁等大师，或书信来往，或当面请益。"平生风义兼师友"，此种乐趣，可谓难以形诸笔墨，从中可以看到一幅共同切磋交流的治学图景。

笔者一向喜欢读《在学术殿堂外》这样的述学文章。细想其缘由，大概与自己在学术殿堂外"东张西望"的编辑身份有关。指谬文章，尽管非我等学殖所能完全理解，但对日日与文字为雠的编辑工作来说，不失为一剂提高编校水平的针石良药，可以从中获致语言文字方面的诸多知识，也使自己在编校时对下笔常怀敬畏戒惕之心。至于知人论世、内容丰富的师友交往录，更是有助于编辑略窥学术门径，掌握"学界地图"。静夜翻书，真希望老一代学人能多多写作此类文章，以嘉惠后学。

从那以后，我们来往日益密切。

最使我惊奇的，是他藏书极富，而且多是新书，大多是思想史、学术史性质的。我一向最关心现实，特别对当代思潮十分注意。他告诉我，他有一部《李慎之文集》，被人借去，竟遗失了。我很引为憾事。因为李先生与我同为 1923 年生人，不过他生于 8 月 15 日，而我则生于 10 月 15 日。虽然只比我大两个月，我却以师长视之。后来中国社科院哲学所的王毅先生送了一套《李慎之文集》（上下两册）给我，我告诉国功兄，他也很为我高兴。

吴敬琏在《重启改革议程》谈到，十八大前，"中国向何处去"，曾经发生激烈争论。一种观点坚持强化政府，强化国有经济对整个国民经济的控制；另一种观点坚持市场化、民主化、法治化改革，走向法治的市场经济。（见《光明日报》2013 年 1 月 22 日第 13 版。）显然，前一种观点是既得利益集团的呼声。但是，十八大作出了非常重要的决定，符合大众"重启改革议程"的期望。

尤其是最近习近平强调把权力关进制度的笼子里，中央党校党建部主任王长江答记者问时，提出党政一把手应实行竞争性选举，可以拉票、演讲，前者由党员投票，后者由人民投票。这都是吸收人类文明的共同财富。

国功兄和我或写信或面谈，对这些问题多有涉及。我们曾经为种种特权行为愤怒，为社会不公平担忧，也为今天的新气象所鼓舞。

对顾准，我们同样尊敬。

我不认识顾准，但他对我的思想影响极大。我和他有同样的思想历程：信仰马列，参加革命；共和国成立后，逐渐迷茫不解。开始还以为自身"小资"习气重，不禁自惭形秽，真以为世上有"特殊材料"。后来无数事实告诉我:"你上当受骗了!"于是像牛虻一样,用锤子锤破了上帝的偶像。这期间促使我觉醒的,顾准的力量最大。而顾准的著作,以及王元化、吴敬琏的有关文章,大多是国功兄借给我看的。

过去,我相信人间可以建成天堂,是顾准教导我:"至善是一个目标,但这是一个水涨船高的目标,是永远达不到的目标。"他假设:"至善达到了,一切静止了,没有冲击,没有互相激荡的力量,世界将变成单调可厌。如果我生活其中,一定会自杀。"这是揭露"终极目的"论的荒谬。更严重的是,"革命家本身最初都是民主主义者。可是,如果革命家树立了一个终极目的,而且内心里相信这个终极目的,那么,他就不惜为了达到这个终极目的而牺牲民主,实行专政"。斯大林不就是这样?

其次,革命与改良。过去,受"左"的影响,我一直主张革命,反对改良。顾准却从理想主义(以法国为代表的欧陆理想主义,动辄革命)到经验主义(英美式的经验主义,"一寸一寸前进","螺旋上升"),实际是主张渐进式的改良。(朱学勤《风声、雨声、读书声》中的《地狱里的思考——谈顾准思想手记》)顾准这一观点,和托克维尔在《旧制度与大革命》一书的分析完全相同:英国道路赋予了英国人自由、自治与宪政;法国道路则使法国人一次又一次发动革命,大革命之火总是熊熊燃烧。(陈斌《以自由看待革命:英国道路与法国道路之别——〈旧制度与大革命〉中的真问题,《南方周末》2013 年 1 月 24 日,F31 版》)而中纪委书记王岐山之所以推荐《旧制度与大革命》,正是要求我们面对中国当前种种尖锐的社会矛盾,务必冲破既得利益集团的重重阻力,重启改革进程,力求避免爆发社会革命的风险。(《人民日报》2013 年 1 月 18 日海外版,张广昭文)

以上这些问题,正是我和国功兄经常讨论的。所以,我一直称呼他为启蒙导师。

2010 年 7 月,我应北大柳春蕊先生之邀,去参加他主持的"知行合一"论坛,并由北大江西同乡(包括中国艺术研究院副院长王能宪先生)邀往北大中文系讲学。国功兄早已和我商定,要为我做口述自传,因而陪我一道进京。北大三日,全程陪同,还为我拍了不少照片,准备留作我的口述历史的插图。

北大三天,国功兄聆听了我的讲学,也见证了我在"知行合一"论坛上的发言:"昨天我在中文系讲学,希望北大能继承和发扬蔡元培和胡适的治校精神。"他没想到,正是他多方面对我的启蒙,才使我产生这份勇气。

因为得地利与此前从事编辑出版工作的职业之便,国功兄帮助同道在朋友万国英、王健明夫妇开办的青苑书店,进行过多种文化公益活动,使它成为卖书、讲书、藏书、印书,南昌读书人交流文化思想的公共空间。我写了一首《青苑颂》,

现录如下：

青苑大名震南昌，谁其主者万与王[1]。邺架何止十万轴，欧美中土纷琳琅。入门拂拂书卷气，书痴顿如渴得浆。承平士夫访厂甸，艳称竹垞与渔洋[2]。我辈今日入此苑，韵事亦应绍同光[3]。少年今日不悦学，赖有此苑守一疆。学术通途从此始，后生往往得梯航。临安昔有陈宗之[4]，书肆宏开睦亲坊。陈道人家开雕者，江湖诗派擅胜场。玲珑山馆二马在[5]，吟社曾闻结邗江。街南老屋多名士，青苑端合继维扬[6]。实斋莫笑横通辈，主人鸿论自发皇。卖书讲书称兼善，又如史宬民间藏[7]。名流时时来说法[8]，神明华胄自慨慷。更闻印书陈大义，名论不刊署《豫章》[9]。桃李不言下成蹊，三冬颁奖入帝乡[10]。独立坚守少俦侣，肇锡嘉名旌四方。青苑春风江右满，化雨尤赖堂堂张[11]。国功兄实纲维是[12]，青苑名遂天下强。我辈今皆食其赐，功德在人永无忘。

注：

①万国英与王建明两经理。

②朱彝尊号竹垞，王士祯号渔洋山人。两人为康熙时达官、名士，休沐之暇，辄访书于琉璃厂等书肆。

③同治、光绪时，李慈铭等京官皆常游厂甸访书。

④南宋人陈起，字宗之，设书肆于临安（今杭州）睦亲

坊，刻《江湖集》，形成江湖诗派。

⑤乾隆间，扬州盐商马曰琯、曰璐两兄弟，筑小玲珑山馆；又建街南老屋，藏书甲东南，好结客，四方名士多与交，结邗江吟社。

⑥章学诚《文史通义》有《横通》篇，谓老书估熟于版本目录之学，而实不解书义。青苑两经理迥异于旧日书商，皆胸有丘壑，极通时务。

⑦史宬：以喻国家图书馆，青苑则民间大图书馆也。

⑧海内名流多来青苑讲学，张国功教授为主持人。

⑨将出版《豫章》。

⑩万国英经理今冬赴京接受"独立书店坚守奖"。

⑪《论语·子张》："堂堂乎张也。"

⑫屈原《天问》："孰纲维是？"

严凌君

2013 年 3 月份，胡尘白（建国前遂川中学我教过的学生）忽然打电话告诉我，《读者》（2012 年 12 期）第 22 页那篇《青春读书课》一文中提到我。我校离退办阅览室订了这份杂志，我找到这本一看，作者陈涛，写的是严凌君。

严凌君，是我二十九年前教过的本科生。从毕业后，我们就再没有见过面，也没有通过信。如果没看这篇文章，我根本不知道他在中学语文教学上做出了那样辉煌的业绩。

但他真正震撼我的，是如下一些话：考进江西师大中文系后，"他只老老实实地上了半年课，剩余的三年半时间几乎都泡在图书馆"。他"觉得听课浪费时间，就自己去看书"。作者陈涛写道："他说，他只去听一些有个人风格的老师的课，比如教先秦文学的刘世南，讲课就很精彩。"

坦白说，初看到这几句话，我像触了电似的，产生一种从来没体验过的震动。严凌君这些话是对记者陈涛说的，丝毫没有讨好我的意思。这种赞美是最真诚的，因而也是最难能可贵的。我做梦也没想到，二十九年前，一个年轻的本科生，曾经这样欣赏我。

一般读者可能无法理解我这九旬老人的这种激动。

要知道，我虽然在中学教了几十年语文，可是，我的正式学历只是建国前的高一肄业。1979 年开始教大学，很多中文系的教师是不以为然的。特别是教研室的个别负责人，"左"的思想根深蒂固，听到我在课堂上把江青比做南后，就背后向上级汇报，说我污蔑毛主席是楚怀王。类似罪状不知编派了多少，最后说我不适合教大学生，把我放在《读写月报》（一份辅导中学语文教学的刊物）编辑部去。为了抗议这种排挤，我向校领导要求调走。幸亏校党委书记郑光荣了解内情，向有关人说："你们认为他不适宜教本科生，好的，以后叫他专带研究生好了。"

在这种情况下，有关人才哑口无言了。

我一直为郑光荣书记的关爱而感激，很像程千帆先生之于匡亚明校长。

严凌君自然不会了解这种人情鬼蜮的内幕，我更没想到有这样一位爱重我的学生。"也应有泪流知己，只觉无颜对俗人！"不记得这是谁的诗句，我经常在脑海里默念着。

可是后来看了他为中学生编的《青春读书课》成长教育系列读本，按顺序为《成长的岁月》《心灵的日出》《古典的中国》《白话的中国》《人类的声音》《人间的诗意》，一共七种。每一种都分一、二册。估计是将来还会增选为三、四册。翻翻每册的目录，我大吃一惊：真是古今中外，无所不包，把文、史、哲，不，把整个人文社会科学的要籍而又适合中学生阅读的，全部（或初步）收集进来了！

看了钱理群、莫言以及中学生杨建梁的感言，我不禁爽然若失，愧疚不已：严凌君做的工作，是教育家的神圣事业，他不愧为"人类灵魂的工程师"。而我呢？从中学到大学，教了一辈子书，其实只是教书匠。这就难怪我在遭到横逆时，鸡虫得失，斤斤计较。和严凌君比起来，我是多么渺小，而他是多么高大。我配接受他的尊敬吗？

我今年九十二岁了。青少年时期，看过夏丏尊、叶绍钧主编的《中学生》，也看过陶行知晓庄育才中学的有关书籍。严凌君执教的深圳育才中学实在是继承并发扬了陶行知的精神的。这样培养出来的青年，天然具有公民的素质。如果再能进入刘道玉做校长的新型大学，将来必能培养出一流的、大师级的人才，以完美的答案回应钱学森之问。

但是，现实怎么样呢？一边是"国学热""儿童读经"；另一边是大、中、小学推行应试教育。前者的结果，请看2014年9月4日《南方周末》第4版的《十字路口的读经村》（张瑞、张维）和第5版的《读私塾的孩子》（张瑞），多么可怕！后者则是培养出精致的自私者（钱理群言）！

面对着这股洪流，严凌君及其战友们，所行所为，是否显得近似精卫填海式的悲壮?

　　大学图书馆本应为本科生、研究生、教师潜心治学的宝地。他校我不知,仅以我校(江西师大青山湖校区图书馆)而论,6 楼的报刊室,全国各种刊物,林林总总,美不胜收。但是多年来读者只有我一人。偌大的阅览厅,成为我个人的工作室。极个别时候,极个别学生会来翻翻杂志,看看报纸。其他书库,高朋满座,仔细看看,都是准备考研的,没有一个是借阅藏书的。像严凌君那样"逃课"而坐图书馆的,一个也没有。

　　我并不灰心,因为严凌君他们那样的清醒者会越来越多的。

2014 年 10 月 22 日上午写完

傅 杰

2014年1月18日下午5点，南昌大学张国功教授来电话，复旦大学汪少华教授电话告诉他，傅杰教授在《文汇读书周报》辟一专栏"经眼漫录"，上次谈章太炎，此次评《大螺居诗文存》。傅君要把报纸寄我，问汪通信地点，汪记不清，故问张。我听了电话，即告以明细地址。

我是每天记日记的，这天记的是："此事甚意外，猜想必评我：（1）谈国学热。（2）宫体诗文。"我所以做此想，是因为对傅君不大了解，以为我的诗文对这些年的国学热很不以为然，傅君是否有不同的看法。至于猜到宫体诗文，则章培恒、徐艳两教授都是复旦的，傅君是否也有不同看法。

1月21日，国功兄电话告我：（1）傅君将致函及报于我；（2）他订阅了《文汇读书周报》，该期已到，亦已阅，明晚5时左右将送我一阅。

次日晚6点20分，国功兄来，送傅君文，即匆匆去。我展读该文，在2014年1月17日《文汇读书周报》第8版。

原文如下：

《大螺居诗文存》

傅　杰

刚读大学不久，在《中国语文》上拜读《谈古文的标点、注释和翻译》，由于印象深刻，一下子就记住了刘世南先生的大名，至今已三十多年了。黄山书社出版的包括上文在内的本书是九十高龄的刘先生的诗文集。其中文的部分主要关涉古籍整理与古典文学研究，体现了老学人的博洽多闻；诗的部分则不乏对时事的关怀，体现了老诗人的忧世伤生。

诗歌部分不足百页，只占全书六分之一，却时见引人注目的篇章。仅读书有感而作的，就有读《陈寅恪的最后二十年》、读《中国矿难史》，甚至还有读当代小说《沧浪之水》的一唱三叹，年登耄耋却心明眼亮的诗人读完小说，更体会到"人性恶，一据权位，必牟私利，亦必以神圣说教愚其小民"。于是慨叹："兴亡洒尽生灵血，谁信庶民得自由。"又当苏联解体之际，诗人不但"惊赋"长歌，还另作《读欧阳修〈朋党论〉》，开篇说："苏共党人一千七百万，红旗落地冷眼看。利尽交疏自古然，临财苟得临难免。"结尾说："乌合之众虽多亦奚为，巢穴纷作鸟兽散。由来兴亡系人心，徒腾口说堪一粲。"类皆掷地有声。自序谦称其诗卑不足传，"所可自信者，凡为诗，必有为而作，绝不叹老嗟卑，而惟生民邦国天下之忧"，信然。而既如此，则不仅可观，亦必有足传者在焉。

论世如此直言无隐，论学自然也是一针见血。作为本书主体的文五十多篇，绝大部分都是作者博览群书时写的札记，主要是对古代文化研究著作的正讹纠谬。从中我们知道，今人标点、注解、翻译的古籍，无论选集乃至全集，可以因为不明字义，不明文法，不明文意，不明出处，不明制度而错误累累；今人写的历史人物评传，可以误点、误解传主的著作多处；今人所著《中国散文通史》，仅清代部分引到的原文可以误标近三十例。作者一一抉发以正视听，更希望借此来端正学风。虽涉及名人大家，亦不曲意回避。如批评季镇淮先生《来之文录续编》的赏析编释读古诗多误，与作序者所说"表现了作者深厚的学力""一些难解的典实与词语解释得清清楚楚"相去甚远。又批评侯外庐先生《中国早期启蒙思想史》误解魏源称龚自珍晚尤好"西方之书"为西欧新学，不悟黄庭坚与人书即言"西方之书论圣人之学，以为由初发心以至成道，唯一直心，无委曲性"，所谓"西方"与清人习称的"泰西"全然不同。作者在四十年代即致书侯氏，盖以未能收到，其后侯著或单行，或作为《中国思想通史》第五卷再印，各版均未改正。1975年重印的《龚自珍全集》，由鲍正鹄先生执笔的前言指出：

还有一个问题值得一提，就是中国近代的先进思想家有一个向西方学习的任务，这是在鸦片战争后逐步明确起来的。龚自珍生前并没有来得及把它作为自己的要求提到日程上来。可是因魏源曾在《定庵文录序》中说过龚自珍晚年"尤好西方之书"的话，长期被误以为是他向西方寻找真理的依据。虽有人曾经指出过，但误者仍误。其实，这个"西方"不是指代表资本主义的西方，是指佛国的"西方"，即龚自珍自己在《题梵册》一诗中说的"西方大圣书"的"西方"。这不只是对一句话的误解，而是牵涉到对中国近代思想的进程和龚自珍思想的评价问题。

1979 年出版的钱锺书先生《管锥编》论《太平广记》卷八九涉及内典，谓明季天主教入中国，诗文遂有"二西"，如卢淳熙《虞德园先生集》卷二四《答利西泰书》："幸毋以西人攻西人"，正谓耶稣之"西"说与释迦之"西"相争也。近者学者不察，或至张冠李戴，至有读魏源记龚自珍"好西方之书，自谓造微"，乃昌言龚通晓欧西新学，直可追配王余祐之言杜甫通拉丁文，廖平之言孔子通英文、法文也。王氏因"西洋之俗，呼月为老瓦"，乃疑杜诗"莫笑田家老瓦盆"中的"老瓦盆"是"取其形之似月"的月盆；廖氏阐孔子"法语之言，能无从乎？改之为贵"之意是法文较英文难学。廖氏是在闹着玩儿，侯氏动的可是真格。可惜直到 2000 年出版的汤志钧先生的《近代经学与政治》，仍以魏氏语为根据，判定龚氏"如果不是早逝，他也会像林则徐、魏源一样，认真研究西学的。"

　　就在我兴奋地阅读傅君此文时，第二天晚上，福建师大文学院的郭丹教授（他原是我带的研究生）也给我来电话，说是他也订阅了《文汇读书周报》，见傅君此文，很为惊喜，特此相告。可见此文在我友朋中的轰动效应。

　　实际上，直到此时，我对傅君仍然不大了解。据郭丹说，傅君曾师从张世禄先生，张氏为著名训诂学专家。而据江西省志办黎传纪君从电脑上查出，则傅君杭州大学读硕时师从姜亮夫老先生；后又成为王元化先生的博士生。毕业后即留在复旦中文系以迄于今，是博导。

　　尽管所知不多，但看了此文后，我很激动，因此，1月29日，枕上口占七律一首：

读傅杰先生文奉谢兼讯少华兄

事外调停累大家，多公平议见真吾。

赏音如睹云龙会，过目重开主客图。

诗外余音几相谕，眼中巨擘更谁如。

因风问讯汪夫子，春在堂书已了无？

　　首句有本事。据友人见告，网上一伙人攻击我，说我绳愆纠谬，是鸡蛋里挑骨头；南大曹虹教授看不过去，劝说几句，他们就围攻她。我因年过九十，电视也不看，更莫说上网，所以，他们（听说都是化名的）那样大肆讥弹，等于堂吉诃德挺长矛对风车作战。倒是连累了曹教授，我负疚良深。现在傅杰先生特加揄扬，是变相的仗义执言，人非草木，能不感激？

更巧合的是，傅君也正是同日寄出其贺年卡、信件和那张报纸给我。

但是，我真正对傅君有更深刻的了解，是在今年（2015）看了王元化先生《九十年代日记》以后。从 7 月 3 日到 5 日下午 3:47，我看完了《日记》。6 日，分类页码如下：

（1）评毛泽东（第 063、094、095、130、155、157、175、206、279、325、326、334、361、364、369 页）

（2）评胡乔木（第 159、251 页）

（3）评恩格斯（第 290 页）

（4）评波尔布特（第 312 页）

（5）评陈垣（第 101 页）

（6）评王国维（第 123、124 页）

（7）评朱东润（第 275 页）

（8）评余英时（第 065 页）

（9）评钱锺书与马悦然（第 053 页）

（10）评吴敬琏（第 072 页）

（11）评马一浮（第 205 页）

（12）评陆谷孙（第 240 页）

（13）评爱因斯坦（第 279 页）

（14）评袁伟时（第 257—261 页）

（15）评裘锡圭（第 024 页）

（16）评董健（第 041 页）

（17）评北岛（第 055 页）

（18）评郭嵩焘（第 345 页）

（19）评顾准（第 370 页）

（20）评陈布雷（第 385 页）

（21）评齐白石、潘天寿（第 386 页）

通过以上的评论，我对王元化先生肃然起敬，觉得这真是一位有思想的大学者。本来他的著作，我早都拜读过，但直到现在读了他这部《日记》，我才更深切认识到他的人格魅力、思想高度。而傅杰教授正是在这段时间师从王元化先生的，《日记》中频频出现傅君的身影，第 193 页称傅君"读书很多，但不大写文章，文字较涩"。这是 1994 年，距今已二十一年了，傅君腹笥更不知若何充盈了。所以，我在 7 月 3 日日记中记下几句话："王元化先生《日记》大有益于开拓心胸，且知傅君种种情况。余能获知于傅君，幸甚。"

最近翻阅《名作欣赏》2015 年第 6 期，看到向长伟对周国平《人的高贵在于灵魂》的九点思考。向君一方面认为阿基米德死得不值，应该避一避那凶残的侵略军，再做研究也不迟；另一方面赞美卢梭拒绝接受法国国王赐给他的年金。因为卢梭认为，"有了年金，真理完蛋了，自由完蛋了，勇气也完蛋了。从此以后，怎么还能谈独立和淡泊呢？一接受这笔年金，我就只得阿谀奉承，或者噤若寒蝉了"。

看了这段话，我忽然想起王元化先生，他是老党员、老干部，历经政治风险，却坚持自己的理想、信念，从不动摇。面对现实，作为体制中人，他决不阿谀奉承，也不噤若寒蝉，而是一直说自己该说的话。作为王元化先生的得意门生，傅杰教授所受薪传，不仅是文化知识，更主要的是浩然正气。

我愿以此与傅君共勉。

2015 年 7 月 13 日写成

北大之行

　　2010 年 6 月 17 日晚 8:30，北大中文系教师柳春蕊先生给我来电话，要我 7 月 2 日由南昌市坐火车赴京，请王胜奇（文学院派他住我家，既照顾生活，又随我读古书。此时已读完硕士研究生，其导师刘松来教授原为我所带的研究生。胜奇现正在省社科院文学所上班）一路陪护；同路的还有张国功先生（百花洲文艺出版社社长助理）。春蕊特别说明：由北大江西同乡（包括中国艺术研究院副院长王能宪先生）邀往北大中文系讲学。

　　6 月 22 日，胜奇告我：已与国功兄联系好，7 月 2 日下午他有车来接我们。

　　23 日，胜奇把春蕊寄来的"知行合一"论坛资料放我书桌上，说 7 月 4 日上午论坛开大会，我作为贵宾之一，坐主席台上，应致辞。下午为北大中文系学生讲学，晚上为江西籍教师讲赣文化。

　　24 日，准备讲稿，题为《学人与文人》，即正史中的"儒林传""文苑传"和近现代观念相结合。

27 日晚 8：30，首都师大教师檀作文先生来电话，说是听说我将到北大讲学，拟来接站，我忙婉谢，并问其夫人病已愈否。檀君，安徽人，我并不认识他，不知他何以知道我。据一位研究生陈骥告诉我：他本科毕业后，在北京工作，和檀君认识了，经常来往。后来决定回江西读研。等考上江西师大哲学系，向檀辞行时，檀特地交代："你到江西师大，一定要去看望刘老。"现在他又这样热情欢迎，真使我感动。

28 日，经过连日准备，讲稿已抄好，题目改定为《从"文人相轻"谈到"学人相重"》。

29 日，在线装书库看简朝亮《朱九江先生年谱》"52 岁下"："先生曰：经史之谊，通掌故而服性理焉，如是则辞章之发也，非犹夫文人无足观者矣。"（自注：宋刘忠肃公每戒子弟曰："士当以器识为先，一命为文人，无足观矣。"）解放前，我看严嵩的《钤山堂集》，见湛若水的序那样谄媚权奸，居然还是理学家，真是咄咄怪事！九江此年亦提到湛，可见人心相同。晚 8 点，南京师大博士生李秋霞，原在江西师大文学院读硕，此时从北京市密云家中给我来电话，说是从网上檀作文处知我将往北大讲学，7 月 4 日下午她一定来听。旋又得春蕊电话：7 月 3 日下午，拟请我和北大三十余人座谈如何治学，胡敕瑞教授也会来参加。又说已与龚鹏程先生联系，可能来相会。

7月2日，晚八点半，国功兄以小车来南校门口，接我与胜奇赴南站。9:10，共上7号车厢，我睡22号下铺。

3日，晨6点起床，早点：蛋糕两个，牛奶一盒，胜奇从南昌市带来的。我坐在过道窗边，一边吃早点，一边向外望，一坦平阳，正经过河北省的衡水市。国功兄昨晚睡隔壁，此时过来闲谈，又说到口述历史。关于此事，我已和他说过，第一，我非名人，没资格口述历史。第二，八十多年的阅历，尤其是一辈子基本上无日不读书，这方面确也有些心得体会，很想总结一下。但口述不行，还是自己写好。第三，我的治学，密切联系现实，从不为学术而学术。这么一来，在叙述治学过程中，必然有很多触犯忌讳的话。这些话，比纪德的《从苏联归来》还尖锐。罗曼·罗兰的访苏日记要在他身后五十年才可公开，我的就更要在我身后若干年形势允许时才能问世。这类似郑所南的《心史》，今人余杰的"抽屉里的文学"，只能"藏之名山，传之其人"。国功兄很了解我，我也充分信任他。这次他愿应春蕊之约与我同往北大，意中也含有亲身体验一次我的讲学活动，以便多角度多层次地理解我。这份心意，我是没齿不忘的。

到北京了。因为火车误点，原定9点到，现在11点才下车。春蕊派了北大中文系本科生何方竹来接站。一路走，一路闲谈，知道她是安徽省淮南中学高三毕业的，当年该校只她一人考上北大。这姑娘在我面前轻盈地走，一边侧过身子陪我谈话。这是我第一次接触的北大中文系本科生，也是全国大学生仰慕的幸运儿。我不知道她是应试教育的成功者还是牺牲品，但内心对她是喜爱的，像老爷爷喜欢他的孙女儿一样。我喜欢一切奋斗成功的人，而渺视那些游手好闲、好吃懒做的人。

我已经二十多年没来过北京。第一次是1959年，第二次是1987年，现在是2010年。坐在公交车内，所过街道，都不知道是哪里。进到北大校园，浮想联翩，感慨无穷。首先想到的是蔡元培、胡适，是五四新文化运动，是民主与科学的发源地……

见到了春蕊，分外高兴，互相把手握得紧紧的。先引到北大餐厅吃午饭，然后送到百宜商务会馆2263室。我睡眠本不好，加上特别亢奋，只能闭目休息，根本无法入睡。

下午两点半，和国功兄、胜奇同往北大中文系会议室。到了大门口，国功叫我停步，掏出相机给我拍了几张照。我懂得他的意思：将来给我这部口述历史拍好一些插图。拍时，我望见对面草场上，有很多应届毕业生也在拍照，有男有女，或穿学士礼服，或穿硕、博礼服，在阳光照耀下，一张张青春的脸上堆满欢笑，真是天之骄子呀！

预定3点开讲。一进会议室，胡敕瑞教授，王达敏、檀作文两位博士，欢然相迎。胡君，泰和人，是周元彪君当年教中学时的得意门生。元彪是我在永新中学执教时的弟子，所以，胡君谦称为再传弟子。其实这是他的客气，无论是元彪还是敕瑞，他们在古汉语上的造诣上早已青胜于蓝了。王达敏研究员在中国社科院文学所工作，是北大中文系博士。我们神交已久，今始把晤，快慰可知。去年抑或前年，我忽接到他一本赠书《姚鼐和乾嘉学派》。我因素昧平生，颇滋惊疑。展读之后，很像读丁功谊的《钱谦益文学思想研究》那样击节叹赏。读完后作书评一篇寄去，不久刊于《中华读书报》。这次初见，真是欢若平生。檀作文君任教于首都师大，也是北大中文系博士。他和达敏一样，和我并不相识。但当一位青年朋友陈骥准备来师大读硕时，檀叮嘱他：一定要来拜访我（前文已述）。这次我来北大后，他一直伴随，片刻不离。檀、王二位的热情，简直使我如沐春风。

3 点开会，胡敕瑞教授主持。听众有本科一人，余皆北大中文系硕、博，另外哲学、历史博士生各一人。我之所以如此清楚，是因为开讲前我请他们作了自我介绍。会议室的四周都坐满了，不止春蕊说的三十多人，有四五十个人。

胡教授先介绍我，然后请我开讲。我讲的是《从"文人相轻"到"学人相重"》。我的用意在于发挥民主主义的宽容精神，强调学人应能欣赏异量之美（这是结合《文心雕龙·知音》来说的），即使学术观点不同，也能互相尊重。我的创见是：中国一贯有"文人相轻"的传统，这是恶德；却没有注意，中国还有"学人相重"的传统，这是美德。我把"学人"

的"学"含义扩大了，不仅仅指学术研究的人，也指鲍叔牙、刘邦等政治人物。因为那是广义的"学"。后来在学生提问时，我干脆说明，在乱世为了明哲保身，也不应像文人那样狂傲，自致杀身之祸，像祢衡那样。我们一定要发扬顾炎武《广师》的精神。

因为柳春蕊希望我谈谈自己怎样治学，加上听众有人问我经典为什么这么熟，很多长段都能背诵。我综合回答：我治学，既重童子功，又重札记。我说，我刚才所讲的，有些资料是较生僻的，我都是平时阅读时札记在本子上，按英文26个字母编号，分别摘录，需引用时，一索即得。我还说，治学除强调背诵和札记，我还强调会通，亦即善于联想和创新。例如以顾炎武《广师》为出发点，我就上溯到孔子、鲍叔、刘邦……并从儒学角度说明"学"的本义本非如今人之专指学术研究，而是从修、齐到治、平，无一非学。

最后我特别说，我最爱重钱锺书先生，深恐其不能"苟全性命于乱世"，所以极不愿其有文人习气。言外之意，我还暗示，钱为《毛选》英译把关，实背"不求闻达于诸侯"之义。如陈寅恪处此，必不如此，也决不会出任中国社科院副院长。由此可知，以风骨论，陈远胜于钱。

最后，春蕊请达敏作点评。我已多年未参加学术会议，竟不知有此新鲜事物。达敏真不愧是我的知音，其点评固多溢美之辞，但关键处都能深刻剖析。我一边谛听，一边领略其京派学人风味。给我印象特深的，是他特别推重《清诗流派史》，我想，这是因为他也是研究清代学术思想的，所以极易与我有针芥之合。

达敏点评后，敕瑞、春蕊相继发言，尽是盛誉。

接着是学生提问，北大的主要问如何能把经典化为骨肉，我答以童子功。但是，我申明，这并不表明我也主张"儿童读经"，现在的儿童应读公民课本，培养民主素质。但文、史、哲的学人应该补课，像顾炎武那样晚年出游，以骡、马负书，夜宿旅店，饭后即挑灯与门人围坐桌前，由门人们轮流朗诵经史，顾先生端坐而听，借作温课。一生无论家居外出，都必温习经史，日日如常。我们今天文科学人，也必如此。

只有从密云赶来的李秋霞，她不同意我的意见，认为学者就是要有傲骨，钱锺书狂是对的。这才引起我"明哲保身""苟全性命""不求闻达"的一番话。在座的都望着她笑。

最后，在热烈的掌声中，我起立表示对大家的感谢，特别说明，十分感谢春蕊、敕瑞二位相邀，使我能登上北大中文系的讲坛，这是我这一生中最大的荣幸。

午饭时，北大中文系本科生肖振华、北师大历史系硕士生刘水龙，以及檀作文先生纷纷敬酒，其实我从不饮酒，只喝饮料，举杯示敬而已。

饭后，国功、达敏、作文、水龙、胜奇和我一起绕着未名湖散步。未名湖，真是久仰了！它由钱穆命名，却称为"未名"。我不但联想到北大的"废名"先生，更想到《老子》的"名可名，非常名"。是呀，道不可名，正如尧之为君，民无能名。那么，今天21世纪环球之道是什么？不是民主主义吗？从戊戌变法到今天，"德""赛"口号从这里喊起，可是就是北大这块圣地，它仍然未名，或有名无实。

我们先到临湖轩，达敏介绍：这里是原燕京大学校长司徒雷登的寓所，"临湖轩"三字是冰心女士题的。我们站在一个竹篱笆门边，里面是一条颇宽的土路，两边尽是竹林。时近黄昏，遥望竹林深处，隐约可见一栋白色洋楼，由于竹林的浓荫，看不清洋楼的全貌。

顺路走，他们又带我去看斯诺的墓。俯瞰着脚边的西式的坟，我想起解放前看的《毛泽东自传》，正是他写的。

再往前走，到了蔡元培先生铜像前。刚才我讲学时，首先一句话就是"我希望北大能继承和发扬蔡元培和胡适两位校长的办学精神，只有这样，才能解答钱学森之问"。现在，我终于站在蔡先生面前了，我瞻仰着这黑黝黝的铜像，怀疑是铁铸的，铁骨铮铮！一位前清翰林，成为革命志士，更成为兼容并蓄的北大校长！这是多么神奇的蜕变！当然，我脑海里也不断浮起他的辞职报告："杀君马者道旁儿"，"民亦劳止，汔可小休"。蔡先生最后病逝于香港，他为什么不正丘首于古绍兴？我还想到在北洋政府之下，蔡先生办学却能独行其志；正如在蒋介石极权统治下，西南联大也能独行其志，所以，她们都能做出极大的成绩，培养出一流的人才。其中奥妙，就在于没有行政的干扰。

我就这么思索着，周围的人则随意聊天，大概达敏他们习以为常，不像我初来乍到，又久历沧桑，容易生感。大家簇拥着我，继续前行，最后和达敏、作文、水龙分手，国功、胜奇和我同返"万宜"。一边淋浴，一边在回忆达敏、作文、水龙的热情。他们简直热情得有些过火，却又那么真诚。特别是达敏，他的言谈举止，那么温婉，那么从容，竟使我联想到1959年北海仿膳邂逅的那位丽人。现在我明白了，这是一种气派：雍容华贵。只有久居（甚至好几代）京华的精英阶层人士，才有这种气派。

第二天，7月4日。很早就醒了，补记完昨天的日记，才5点45分，索性作《纪事》一首：

> 柳君宿诺愿终偿，携我来登大雅堂。
> 安定先生同护法，京师太学许观光。
> 巍巍都讲何能任，渺渺瀛洲竟可航。
> 自是平生无此快，未名湖畔更倘佯。

上午，春蕊引我们到北大图书馆旁一个小型会议室，参加"知行合一"论坛的会。他先安排国功等在听众席上就座，然后引我到讲坛后休息室小坐，准备开会。里面已有几位男女贵宾，一位身材魁梧嗓门高的男贵宾，正和面前几个学生交谈。另一位女贵宾，那装束和风度，酷似"海归"，非常洋气。她主动和我握手，长裙拖地，衣香鬓影。略为交谈，才知是一位女音乐家，似乎是北大音乐系的。这类女士单从外表不易看出年龄，估计"文革"时也曾下放过"五七干校"，真是难为她了！不过杨绛不也下放过怀宁农场么？人总是到哪地步说哪地步的话。记得母亲说过：解放前，巩上（村名）胡家一位少爷，新买一双丝呢鞋，穿上没走几步，对仆人们说："怎么硌脚呀？"脱下一看，原来鞋里有一根头发。后来穷了，打赤脚穿草鞋。乡下人作弄他，笑问："大少，这草鞋不硌脚吧？"

我正浮想联翩，春蕊引龚鹏程先生进来了。一经介绍，我忙双手紧握他的右手摇撼着，说："久仰久仰，真是久仰久仰！"因问他回过吉安县老家没有。经过一番交谈，我才知道他是值夏（村名）人，龚姓是大族，有千多户。他还乡后，祭了祖，上了坟。正谈得高兴，胜奇进来了，我忙给他介绍。他们此前已通过信，现在见面，龚说："我欢迎你报考，但我不但要考中国文论，还要考西方文论，你也得好好准备。"又说："外语一定要过关，否则专业再好也不行，这是北大严格规定的。"

这时，通知开会了，大家一齐出去，龚君坐在第一排听众坐位上。春蕊请我坐在台上正中，我一看牌子，左边是陈洪，他左边空了一个位子。右边是乐黛云、漆永祥。我正踌躇，想坐偏一点，陈洪却跟我交谈起来，原来休息室个子魁梧的就是他。他说："刘先生，盛江常说起您。哎哟，真没想到，您竟这么健康！"一口天津话，怪脆的。我知道他是说2004年那次，本来约定去南开讲学，恰因此前一位70多岁的外地专家，正在台上讲着，旧病突然发作，抢救都来不及，惊心动魄之余，校领导忙问盛江，一听我已过八十，立即来电作罢。

我们俩正低声谈着，春蕊宣布请我首先讲话。我说："不行不行，怎么是我先说？"春蕊含笑说："我们安排坐位和发言次序，是按来宾年龄大小。您八十七八了，当然应该第一个发言。"我说："不，我不了解情况，得让我先听听。这样好不好，女士先请（Lady first），请乐先生先发言。"

乐黛云真是巾帼不让须眉，八十二岁了，右腿又伤残，可是讲起话来，不但慷慨激昂，而且十分尖锐，敢于指摘时弊，毫无顾忌。我在昌已看过听众单位名单。因此，我为乐先生捏一把汗。但是她满不在乎，仍然在那里侃侃而谈，旁若无人。我忽然醒悟：京师并天下风气之先，她敢这样放开来谈，正说明风气变了，知识分子已不再噤若寒蝉。

乐先生讲完后，我接着发言。首先说："昨天我在中文系讲学，希望北大能继承和发扬蔡元培和胡适的治校精神。现在听了乐先生的发言，我非常兴奋，因为你们已经继承了，而且步子跨得很大。"接着我针对论坛主题谈到读书问题："我可以援引启功先生戏撰的墓志铭中两句话：'高中生，副教授。'我只读过高一，但是我一辈子读书，基本上做到，只要有空，就手不释卷。我生平不烟不酒不赌，黄、毒更不沾，唯一的乐趣就是读书。但是，我不是为读书而读书。我是为探索真理而读书，为解决社会问题而读书。我不仅坐而论道，而且是起而行，我曾经为此逃亡，我曾经策反。"我对当下的官场、学界腐败，民间一片赌风，极为痛心疾首。对当前的社会分配不公，尤其忧心忡忡。

陈洪副校长接着发言。他很风趣，开口就说："刚才刘先生说他是'高中生'，真是无独有偶，我也是'高中生'。不过我比他高一个码子，他是高一，我是高二。"

我正望着他笑，忽然会场发生小小的波动，春蕊引着一位先生到台上来了。陈洪忙和他握手，并为我介绍，我才知道这就是北大的周其凤校长。我忙让座，他不肯，就坐我旁边，陈洪移过去。

陈洪继续讲下去，真是口若悬河，极富吸引力。他认为春蕊他们这次"送书下乡"（到江西部分农村），根据他过去长期的农村工作经验，这件事，既"可为"，又"有为"，但"难为"，因为这不是送救济衣物，村干部和一般村民不大了解这份精神财富的巨大意义。

接着是周校长致辞。在我心目中，北大校长，即使不是蔡元培、胡适，也是祥麟威凤，望之巍然。仔细听去，才知道是湖南人，出身贫苦的农家，所以对柳老师这次带队下乡送书，非常激动，感同身受。

最后是漆永祥发言。知道他是陕西农家子弟，经过奋斗，现在成了北大中文系副主任。他是研究古汉语的。开始我看见他十分平实，不但毫无官气，也毫无教授的架子，觉得难得。再听到他谈自己的读书经过，以及某些学术见解，我不禁肃然起敬，觉得北大到底是北大，这位漆先生不过中年，其貌不扬，腹笥却这么富，谈吐却这么雅，难得难得。

我谛听着上述几位的发言，有时也望望台下的龚鹏程先生，见他低眉而听，圆而微黑的脸上略无笑容，也没有不耐的神气。但我很抱歉，他本来不必参加这个会的，只因我想跟他叙谈，春蕊把他请了来，偏偏又没谈几句，倒累他在这里空坐。我希望今天晚宴时他能参加，我可以好好地和他谈一谈。

散会后，去用午餐，经过北大图书馆，我正想起"一塌（未名湖边的白塔）糊（未名湖）涂（图书馆）"这个北大流行成语，也是雅谑，忽然一位三十多岁的人跑过来，拉着我自我介绍："刘先生，我是江西师大团委书记曹泽华，我们合个影吧。"我连声说"好，好"，就在北大图书馆前合了一个影。

下午，我没有参加论坛的分组讨论，而是在"万宜"休息。后来，檀作文君由首都师大来告诉我：本想邀大家去看票友演出的京剧，可是因事停演，只好作罢。谈了很久，后来胜奇过来，我们三人一齐步行到北大中文系会议室去，春蕊等还在楼上开会，我们坐着漫谈等他们下来。又过了一些时候，敕瑞下来了，邀我们晚宴同一桌，我欣然同意，因为我正想了解他本人的治学历程。于是等楼上散会后，我们一齐步行到道艺园餐厅。一共四桌，我和敕瑞、作文、胜奇一桌，后来春蕊引了一个年轻人来了，向我说："您不是要和陆胤见面么？他就是。"我忙请他坐到我旁边。我为什么要会他呢？在家里时，看春蕊寄来的《艺概》（他主编的学术刊物），发现有陆胤写的文言文，是论乾嘉学派的，文笔老练，骎骎入古。开始以为是北大哪位老先生作的，一看作者介绍，却是在读的博士生，导师是夏晓虹，陈平原的夫人，搞近代文学的。我心想，陈平原这一辈，怕没几个能作古文的。因为我看过一位知名学者的文言文，其稚嫩简直令人发笑。然而这位学者是读了许多古书的，从他的论著可以看出来。那为什么写不好文言文？还是因为缺少童子功。实践是非常重要的。有的人，作旧诗还行，文言文却不通。《光明日报》的"百城赋"，其中一篇写南昌，我一看，好几处"何谓之也"，作者不想想："何"是疑问代词，"谓"是他动词，"何谓"是动宾结构，但文言文的疑问句一定提宾，所以不能写成"谓何"。现代汉语不会这样，只说"说什么"。所以，文言文的

"何谓也"，就是现代汉语的"说什么呀"。"何谓"之后怎能加"之"？"之"是代词，一句里岂能既用了疑问代词又用肯定代词？作者不通，责编、总编也不通。然而陆胤那篇不仅通，而且文笔入古，不是一般的文言文，是古文。

我问他哪里人，他说苏州。我说："怪不得你本、硕、博连读，北京待了上十年，说话还有吴侬软语的尾音。翁同龢、潘祖荫，为同治讲书或奏对，都是这样啊。"他笑道："乐操土风，不忘旧也。"这是《左传》钟仪的故事。我问："你有家学渊源？"他摇头："家父家母文化程度都不高。"我说："那你真是'醴泉无源，芝草无根'啦。"这时，春蕊插话说："刘先生，龚鹏程先生来电话说，他另有活动，不能来陪。"我虽有些惘然，但又想，对这类名流学者，点到即止最好。于是继续和陆胤交谈，他说他的毕业论文是《同光间文人之互相交往》，因而提到我的《清诗流派史》。也许出于客套，他表示很赞赏。昨天王达敏点评时曾称赏此书，陆胤并不知道，他怎么也提到它？难道北京学术圈子里真已注意到这本书？

这次晚宴，另一收获是听到敕瑞的一席话，知道他何以能留在北大并能评上教授。北大留人要查三代，即本科、硕、博是否名牌大学。敕瑞只读过井冈山学院的大专，第一条就不够格。经过费振刚等系领导力争，指出其学术潜力大，校方才同意了。这次评教授，三十二人申报，只有他和另一位通过。谈到他的发明，他问我《庄子·秋水》的"人卒九州"的"卒"当作何解。我凭以往训诂学的知识，尽管完全记不得古今人对此字的注释，但从上下文揣度，我说，"'卒'应为'萃'，是'萃'的本字而非通假字，因'卒'即解'众'，后人为与'兵卒'之'卒'区别，乃加草字头以为聚合之义"。他笑说："旧注确有此说，但我从佛经的译文发现更确切的解释。"于是他详述他在国外（仿佛是挪威，记不清了）访学时怎么从某部佛经（我因重听，宴会厅又喧哗，竟没听清）得到启发，获得确解，已被同行认可。本来以"卒"为"萃"的本字是我的创见，听了他的新解，以及获得新解的过程，我由衷佩服，说："你不愧为教授。将来你在学术上的成就，一定超过戴东原。"他当然谦让，我却确信，今天有高科技，中外学术信息交流又发达，远胜于抱残守缺的戴东原时代，敇瑞的跨灶是历史的必然。

总之，这次晚宴，不但"推潭仆远"，而且也是文化饱餐。

正当春蕊、胜奇和我三人在外宅闲谈，张一南突然进来了。我本不认识她，但她的伯父曾请我给她的诗集作序。所以，经过她自我介绍，我自然热情欢迎。可怪的是一南这位女博士，她既不向春蕊打招呼，也不和我寒暄，就这么坐在那儿傻笑。我怕大家僵着，只好和她随便聊，问她爱人情况。

等胜奇送一南出去，春蕊和我长谈了一次。我问："你这样投身社会工作，哪还有时间搞科研呢？"他说："不，我分阶段性。这次活动结束了，我就关上门，拔掉电话，专心看书写作，再也不和外人交往了。"我微笑地点点头。

第二天中午。敕瑞为我饯别，设筵于湘食记。这馆子很精致。我和胜奇一边，敕瑞和一位女子一边。我原以为是胡夫人，他一开口，原来她是他的朋友，姓张，名斌，博士、画家，画名小蝉。敕瑞说："小蝉久仰大名，一定要拜望刘老，所以我陪她来了。"这位女画家谈吐非常高雅，人也明慧秀丽。开始我以为她不到三十岁，她辗然一笑，瓠犀微露，一边恭敬地送过一本巨型画册来，一边说："这是我在奥斯陆开画展的作品，请多指导。"我忙双手接过，说"感谢之至！一定好好瞻仰。"随即展开画册，在她的大幅半身照下，文字介绍说，福建福鼎人，1970年生。什么，40岁了！哪像啊！我问了问她的家庭和孩子情况，她坦率地说："我没结婚。"我暗自叹息：这样美丽，又是画家，怎么会成为"剩女"呢？显然，又是高不成低不就造成的悲剧。当然，也可能是法国式的独身主义者，据说法国的男女精英都不愿生儿育女，情愿独身。

我们一边吃着，一边又谈起学术问题来。敕瑞说，科研的步骤，首先是能发现问题，其次是研究何以有此现象，第三是现象形成过程，第四是对后世的影响。他说："发"与"头发"从东汉起就分开，东汉前书上只用"发"字，东汉后就如现代汉语一样说"头发"了。而要有此发现，就得按照上述四个步骤进行。他的博士毕业论文就是这个内容。我懂他的意思。其实东汉后迄今，文言文说"头发"仍只说"发"，口语才说"头发"。东汉前书写工具逼得行文必须简洁，所以写"发"。其后书写工具越来越方便了，所以单音的"发"就变成了双音缀"头发"。但断定在东汉末才起这个变化，它一定还有一个量变的过程。怎样测定，就得靠高科技从浩如烟海的文献资料（包括变文和种种民间文学）中去搜索了。

他说现在他专门研究大藏经，都是从文献学、古汉语角度去分析。

他说，他最尊敬裘锡圭。自从他负气出走，去了复旦，北大的古文字学专业简直报废了，这是北大当年的校领导所犯的最大错误。

这点我深有同感。汪少华教授在复旦，就在裘手下工作，对裘佩服之至，并以自己的年终工作鉴定能得到裘的肯定和称赞，为最大的荣幸，因为裘是极不容易夸奖人家的。

敕瑞还说，他在国外访学时，参加国际学术会议，能用英语发言，和外人交流，不需翻译。现在正学梵文，以便研究大藏经。还谈到真治学者为人一定低调。如一位大学者的弟子，有所成就的都低调，跳踉市朝者，为通人所不齿。又谈到北大学人中，能静心治学者只三分之一，其余三分之二都是下海挣钱的。

最后，他送了一大袋复印件给我，都是发表在《中国语文》《语言学论丛》《中文学刊》上的论文，袋面上写着："谨奉刘先生赐教,后学敕瑞。"我接过来,紧握他的手说:"相知恨晚,若早领教二十年,我必能另辟治学蹊径,也许有此造诣。"他连声说:"过谦,过谦!"

小蝉画家临别时握住我的手说:"再见!"我说:"但愿如此,可是,我已实龄八十七,10 月 15 日就进入八十八岁了。"

敕瑞走过来,也紧握我的手说:"春蕊和我已经研究好了,以后要请您来住十天或一个月,以便给研究生个别指导,借此传薪。另外,中文系也开设了中华诗词讲习班,也要请您来讲课。"

我说:"春蕊昨天也和我谈了,谢谢,非常感谢!可是,我以望九之年,力不从心,实已疲于津梁,不堪长途跋涉了。"

在 7 月 6 日晚车上,胜奇睡在我对面。听着床铺下"车走雷声",我闭目默默总结这次北大之行的收获:(1)自己治学所得渺小;(2)较深认识真学人与文人之异同;(3)胡敕瑞的朴学深度;(4)王达敏的深入;(5)柳春蕊的事功观;(6)自己体质之异(与周一良比较。《东至周氏家传》记北大派系之争甚烈);(7)陆胤说读博主要是方法问题。

(2010 年 12 月 13 日晚 7:23 写完)

附录:从"文人相轻"谈到"学人相重"

中国传统文化中,士大夫们是重学人而轻文人的。当然,这是秦汉以后，先秦是没有专业文人的。西汉的扬雄就认为，诗赋是"雕虫篆刻""壮夫不为"的（《法言·吾子》）。唐代刘知幾在《史通·自叙》中说："余幼喜诗赋，而壮都不为，耻以文士得名，期以述者自命。"述者即学人，因孔子自称"述而不作"。在这点上，"东海西海，心理攸同"，维特根斯坦临终时，回顾一生智力活动，说："告诉他们，我度过了美好的一生。"清代章学诚在《乙丙劄记》中引毛奇龄的话："生文人百，不及生读书人一。大抵千万人中必得一文人，而读书人则有千百年不一觏者。"

在学人中，还要分通儒与俗儒。汉代应劭在《风俗通义》中说："儒者区也，言其区别古今，居则玩圣哲之词，动则行典籍之道，稽先王之制，应当时之事，此通儒也。"应劭这话是对孔子的话的阐发。孔子曾说："汝为君子儒，无为小人儒。"（《论语·雍也》）也是荀子在《劝学》中所说："君子之学也，入乎耳，形乎动静，端而言，蠕而动，一可以为法则。小人之学也，入乎耳，出乎口，口耳之间，则四寸耳，曷足以美七尺之躯哉？古之学者为己，今之学者为人。君子之学也，以美其身；小人之学也，以为禽犊。"

严格地讲，有些学人按上述标准来衡量，是"俗儒""小人儒"。例如清代的汪中，论思想，论学问，我是崇拜他的。但是他那样狂傲，那样喜欢骂人，我是不以为然的。你看洪亮吉在《又书三友人遗事》中所写，汪中众中大言："扬州一府，通者三人，不通者三人。"一位姓刘的举人，诚惶诚恐地请问他："汪先生，您看我书读得怎么样？"汪中大声说："你不在不通之列。"刘举人大喜过望。汪中慢慢地补了一句："你回去苦读三十年，或者勉强可以希望到达不通的地步"。所以，卢文弨《抱经堂文集》卷三十四《公祭汪容甫文》有云："不恕古人，指瑕蹈隙，何况今人，焉免勒帛？众畏其口，誓欲杀之，终老田间，得与祸辞。"

与汪中同时的王鸣盛，也最爱骂人，说刘向是西汉俗儒；李延寿学浅识陋，才短位卑；杜元凯剽窃；蔡九峰妄谬；陈振孙为宋南渡后微末小儒；王应麟茫无定见。且斥时贤顾亭林、戴东原；谓竹垞学识不高。皆见于其《蛾术编》《十七史商榷》（据《陈垣学术随笔》）。

近代的黄侃和汪中一样，非常狂傲。和吴梅闹，影响极坏。他自称不能为纯儒。因为纯儒是谦谦君子，如颜回，"以能问于不能，以多问于寡，有若无，实若虚，犯而不校"《论语·泰伯》）。刘文典训沈从文，这更是学人轻视文人的典型事例。然而刘氏这种行为实在不足为训。

当代的钱锺书先生，也有这种观点。他论人三限：上限，"他通"；中限，"这人还念书"；下限，"这人不通"。（《传记文学》1995 年第 1 期）这和汪中不是如出一辙么？

我以上举的例子，都是大学者，文人就更等而下之了。隋末大儒王通，王勃的祖父，在《中说》中评论前代文人，称许极少，大多鄙薄。唐初的王师旦知贡举，黜张昌龄、王公治。太宗问其故，对曰："二人虽有辞华，然其体轻薄，终不成令器。若置之高第，恐后进效之，伤陛下雅道。"唐高宗时，王（勃）、杨（炯）、卢（照邻）、骆（宾王），皆有才名，谓之"四杰"。裴行俭曰："士之致远，先器识而后文艺。勃等虽有文才，而浮躁浅露，岂享爵禄之器耶？杨子沉静，应得令长，余得令终为幸。"其后勃溺南海，照邻投颍水，宾王被诛，炯终盈川令，皆如行俭之言。（《旧唐书》卷八四，《新唐书》卷一百八，本传）袁枚曾为文驳裴行俭，但学术界迄未认可。

对文人的轻视不但是儒家，佛教亦然。《法苑珠林》记：唐代赵文信暴死，三日复苏，自说阎罗王令引出庾信，乃见一大龟，身一头九，作人语云："我为生时好作文章，妄引佛经，又诽谤佛法，故受此苦。"清代陈《辨疑》说黄庭坚"少作诗多艳语"（《扪虱新话》作"艳歌小词"），秀禅（法秀）诫之曰："子以艳语动人淫心不止，士大夫笔墨之妙，甘施于此乎？"公于是痛戒绮语。另一书（忘其名）则说法秀说他会下拔舌地狱。

所以，宋代刘挚教子孙，先行实，后文艺，每曰："士当以器识为先，一号为文人，无足观矣！"（《宋史》卷三百四十）而顾炎武在《亭林文集》卷四《与人书十八》特引他的话，并说："仆自一读此言，便绝应酬文字，所以养其器识而不堕于文人也。"他在《吴同初行状》又说:"自余所及见,里中二三十年来,号为文人者,无不以浮名为务。"而他是认为:"君子之为学,以明道也,以救世也,徒以诗文而已,所谓'雕虫篆刻',亦何益哉?"(《亭林文集》卷四《与人书二十五》)

和"文人相轻"现象相反,中国历史上也存在一种"学人相重"现象。

拙著《大螺居诗文存》中有一篇《顾炎武的"拗谦"与钱锺书的"文人相轻"》,曾发表于《博览群书》2008 年第 7 期,主要就是谈这个问题。可见我对这个问题考虑很久。我是这样想的:中国的士大夫,从汉以后,服膺儒学者,重践履,即知即行,知行合一。当然,也有伪君子,如"举秀才,不知书;举孝廉,父别居"。那是另一问题。而儒生以外的士人,不受名教约束的,尤其是文人,则形成另外一种社会文化现象,即曹丕《典论·论文》所谈的"文人相轻"现象。这一群体以名教为虚伪,以放荡为率真。其思想源自老、庄的道家学说。

然而人类社会是不可能没有礼法制约的。人性无限放荡,必定堕入兽性。礼法是人类的理性选择。社会要正常发展,必须以礼制情。当然,凡事都有个"度"(degree),过度则为"礼教吃人"。但完全毁弃礼法,那就根本没有人类社会了。我幼时读《小学集注》,卷六述陶侃语:"老庄浮华,非先王之法言，不可行也。君子当正其衣冠，摄其威仪，何有乱头养望，自谓宏达耶？"陶侃并非纯儒，而是一位明达治道的士大夫，他的话闪耀着理性的光辉。据一些学人的研究（包括我自己），最早是孔子问子贡："汝与回也孰愈？"对曰："赐也何敢望回，回也闻一以知十，赐也闻一以知二。"子曰："弗如也。吾与汝弗如也。"（《论语·公冶长》）其次是《国语·齐语》鲍叔对齐桓公说："臣之所不若夷吾者五：宽惠柔民，弗若也；治国家不失其柄，弗若也；忠信可结于百姓，弗若也；制礼义可法于四方，弗若也；执枹鼓立于军门，使百姓皆加勇焉，弗若也。"

再其次是《史记·高祖本纪》："夫运筹策帷帐之中，决胜于千里之外，吾不如子房；镇国家，抚百姓，给馈饷，不绝粮道，吾不如萧何；连百万之军，战必胜，攻必取，吾不如韩信。"

鲍叔牙和刘邦都是政治家，不是学人，但是他们这种实事求是的精神，历来传为美谈，后代真正的学人也深受其影响。

又其次《后汉书·陈蕃传》："'不愆不忘，率由旧章'，臣不如太常胡广；齐七政，训五典，臣不如议郎王畅；聪明亮达，文武兼资，臣不如弛刑徒李膺。"

以下是《三国志·魏书·陈矫传》陈元龙云："夫闺门肃穆，有德有行，吾敬陈元方兄弟；渊清玉洁，有礼有法，吾敬华子鱼；清秀疾恶，有识有义，吾敬元达；博闻强记，奇逸卓荦，吾敬孔文举；雄姿杰出，有王霸之略，吾敬刘玄德。"

然后是顾炎武的《广师》："夫学究天人，确乎不拔，吾不如王寅旭；读书为己，探赜洞微，吾不如杨雪臣；独精三《礼》，卓然经师，吾不如张稷若；萧然物外，自得天机，吾不如傅青主；坚苦力学，无师而成，吾不如李中孚；险阻备尝，与时屈伸，吾不如路安卿；博闻强记，群书之府，吾不如吴任臣；文章尔雅，宅心和厚，吾不如朱锡鬯；好学不倦，笃于朋友，吾不如王山史；精心六书，信而好古，吾不如张力臣。"（《亭林文集》卷六）

下面就是陈康祺《郎潜纪闻》初笔卷八《顾、阎、李诸公之挢谦》："百诗先生论人物，尝称吴志伊之博览，徐胜力之强记，自问不如。"李杲堂最心折万氏家学，尝曰："粹然有得，造次儒者，吾不如公择；事古而信，笃志不分，吾不如季野。"杭大宗亦自谓："吾经学不如吴东壁，史学不如全谢山，诗学不如厉樊榭。"

学人相重，不但中国如此，西方也有。马克斯·卡尔·恩·鲁·普朗克（1858—1947），他在1918年得诺奖，是爱因斯坦的知音、导师、铁哥们儿。另一位马克斯·封·劳鹤（1879—1960），1914年得诺奖，他跟爱因斯坦情同手足。《南方周末》2008年7月24日 D25版

　　我们应当继承、发扬"学人相重"这一光荣传统。

　　曾有人批评我不该批评钱锺书先生，因为他有恩于我。是的，在拙著《在学术殿堂外》中，我披露了钱锺书先生给我的信件。他仅凭第一次看到我给他的信，就主动向本单位中国社科院文学所领导推荐我，又向中华书局、上海古籍出版社推荐我。而且在后来的信中也承认是我的知己。这是我没齿不忘的。在这点上，钱先生可和欧阳修相比。沈德潜《上大宗伯杨公书》说："昔欧阳文忠公之好士也，士有一言之合乎道，不惮数千里求之，甚至过于士之求公。"（《国朝文录》卷三十九第八页）清人凌曙《春秋繁露注》前载尺牍四则，邓立诚书云："晓楼二兄足下：弟昨在西园，见吴山尊先生，极赞足下所注《春秋繁露》，且云：'顷余在江宁见孙渊如先生，询凌君甚悉，惊叹其所注，以为奇士。得一知己，可以无憾，况先生固海内之宗匠，当代之经师乎？子归为凌君言之，庶益其进取之志也。'弟彼时闻之，惊喜欲泣。归来已三更矣，匆匆手书以闻，不及待明日也。"

　　我引上文，以见知己之极可宝贵，我岂有不珍惜之理？但我仍敢于提出异议，实本于事师之道。《礼记·檀弓上》："事师无犯无隐。"既不要故意冒犯，又不要隐匿其过失。马克斯·韦伯认为学生对老师的感恩，最好的方式就是超过老师。这可以看出大师的襟怀。钱先生已为我们做出了榜样，《管锥编》第五册全是对此书的绳愆纠谬。

最后，我要说明三点：

（1）我强调"学人相重"，强调儒家重在践履，这正符合本次论坛所揭举的"知行合一"。

（2）我所说的"文人"，不等于现代的作家、诗人。当然，像顾彬所指斥的"垃圾"，严家炎教授批评的《上海宝贝》作者，那是古代文人的恶果。

（3）我们今天的学人应该像顾准，作家应该像鲁迅，都首先是思想者。

谢谢大家！

2010.6.7 初稿

2010.7.3 讲

2011.2.14 补充稿

刘梦芙

刘梦芙先生说，他知道我，是因为看了《江西诗词》上我的诗。另外，他大概从熊盛元、段晓华两位处也了解了我一些情况。熊、段和我都是江西诗词学会的常务理事，又经常在一起唱和，相知甚深；他们和梦芙又是好友，自然牵连到我也就成为知交了。

了解我后，梦芙经常来电话长谈，往往半个小时以上；还有来信，密密麻麻，动辄两三张信笺。通过这些，我感受到他的热情、诚恳和洋溢的才气、充沛的精力。

他出身书香世家，由于当年"左"的政策，他虽出生于新中国成立后（1951年生），却基本上是通过庭训而自学成才的。他1999年8月调入安徽省社科院文学所工作，而且不几年就破格提为研究员，一方面是由于《中华诗词》杂志社社长梁东先生的专函推荐，更由于他学识渊博，贡献巨大。他和钱仲联先生通信始于1988年，曾三次赴苏州大学拜谒，学术上深得钱老指授。所以，他始终对钱老深怀知遇之恩，并认为钱老的诗词创作与诗学研究，总体成就都大于钱锺书先生，一部《二钱诗学之研究》足以证明这一点。承他不弃，嘱我为此书作序。现在我抄下两段话，和读者共喻梦苕之德之才：

梦苕春秋鼎盛，幼承家学，习礼明诗，虽更忧患，而伏案之功益深，且寝馈于诗词之创作者数十年，久已蜚声词苑。技擅雕龙，契舍人之神理；录成点将，艳记室之品题。当梦苕翁健在时，即尝亲炙，屡蒙指授，称私淑云。同时于槐聚翁，不第钻仰，且援事师有犯无隐之谊，观过知仁，曾不少讳。惜槐聚翁遽归道山，未及见其文，否则当乐有此诤友矣。今梦苕此书中《石语评笺》，可覆按也。呜呼！直道不行久矣，乃今得之，可不谓贤乎？

这一段，我特别赞叹梦苕既善诗词创作，又长于理论研究。这在当代是稀有的。尤其佩服他当仁不让，对钱锺书先生进行严正的批评。"当面输心背面笑"，这种吴越才人的习气，我也一直不以为然。梦苕这种批评，真是古道照人。

另一段是：

今之后生，喜谤前辈，闻网上有责槐聚翁以阿世取容者，此亦责人斯无难已。夫槐聚翁效方朔之朝隐，其心弥苦，其志弥坚，得其解者，是旦暮遇之也。梦苕翁亦以偶蒙尘垢，屡遭清议。梦芙皆为明其素志，洵道义之交也已。

二钱屡遭评点，钱锺书先生的出处尤其引人关注。我对这位"文化昆仑"的理解，也有一个不断深化的过程。要求大师有道义担当，我看不算苛求。梦芙对二钱的评骘，力求出于公心，绝不阿私所好。这是仁者必有勇，是真正的大勇。

今年（2014）元月，梦芙寄了《陆游的儒家思想与崇高人格——驳钱锺书论陆诗之说》一文。此其近作，先看"摘要"：

钱锺书《谈艺录》评陆游诗"好谈匡济之略，心性之学""大言恫吓""夸词入诞"，谓其毕生抒发爱国情怀的绝大部分诗篇都是"作态""作假"，如果真让陆游领兵抗金，必然失败。然而陆游自幼接受儒家思想教育，忧国忧民，知行合一，其伐金计划与治国方略皆通察时局，老谋深算，却不被朝廷采纳，终其一生得不到重用，只能在书中抒写抱负，寄托理想。钱锺书只读陆游之诗，对陆游家世、才能和生平行事不作全面深入的考察，以假设、猜想代替事实判断，厚诬昔贤，违背了治学必须求真求实的基本规律。受"五四"以来西学风气影响，钱锺书不关注儒学义理，论学割裂诗文与经史的关系，只识词章之美，不明至善之道，致有是论。

在了解此文的主要内容后，我们来看此文第五部分，看看梦芙是怎样分析钱氏"妄论"陆诗的根源。现录原文如下：

钱锺书作为学人，为何出语轻薄，妄论古贤？这有两方面的原因。首先是性格与兴趣使之如此，其次是受"五四"以来西学风气的影响。钱氏读书虽博，学贯中西，但兴趣始终只在文学，而经史诸子之书，只是作为研究文学的旁证材料，并不关注其中的义理，对儒家的道德伦理，尤为反感；其论学宗旨，治学方式与乃翁钱基博截然不同。龚鹏程先生目光锐利，早就指出钱锺书论经史诸子皆不当行。

他虽也论《易经》、论《史记》，等等，但其著作对于整个注《易》解《易》、释《史记》考《史记》的学术传统来说，实无足轻重，没太大参考价值。在那些学术脉络、学术传统中所关心的问题，钱先生也不太注意，或不甚理解。因此，钱先生其实并未进入那些脉络中。用古人的话来说，就是钱先生所论，"虽极天下之工，要非本色"，并不当行。

他固然是在研究经史，但其研究方式和着眼点，仅在经史的文章意味而已。虽然也有一小部分的义理，但主要是一些人情世故的体认和浅显的哲学隽语；至于那一点点训诂释词本领，更是无关宏旨，不过是借着训诂来抒发一下他的文学见解罢了。

也许有人会因为他研究《易经》《老子》等书，却大谈修辞法而感到不耐，认为总是在文字的枝枝节节处打转，但事实上钱氏的兴趣不在彼而在于此，并为我们找到了不少旧角子。其蔽在此，其成就也在此。此即所谓不当行。经学、史学、小学、诸子学、哲学，钱先生均不当行；唯穿穴集部，纵论文学，乃其当行本色，彼亦以此点染四部耳。

钱锺书读《左传正义》凡六七则……以论文之手眼，评析《左传》文句，并联想及于中外相关事例，固多快娱心目之说，适可自暴其不通经学之短，窃为先生不值也。

钱先生以博学自负，从不肯自认某处实非所长，且辄以吾不懂者即无价值之姿，出语凌人。其考证作者，固如是也。论诗而薄比兴寄托，论经则讥经生不谙文趣，亦皆属此类。夫论诗动言比兴，考证其来历史事，诚多妄谬，然诗中岂皆无寄托乎？读诗者岂皆能不知人论世乎？钱先生论诗，精于句剖字释而罕能知人论世，乃以己之所短，薄人之所长，可乎？论经书史籍，不娴经义，不知史例，则沾沾自喜其能以诗文小说戏曲证论经文及史事人情，不知此乃别蹊，虽可见奇花异卉之美，顾亦何可自矜于是且讥他人之不如是也？论学，吾甚佩钱先生，而终觉其不真率、不可爱者，即在此等处。

六经又称六艺，是国学的大根大本，故马一浮先生有"六艺总摄一切学术"之说。唐宋实行科举制，世人入仕，无不通经；李白不屑于应试，但观其《古风五十九首》，开篇云"大雅久不作，吾衰竟谁陈。王风委蔓草，战国多荆榛……自从建安来，绮丽不足珍。圣代复元古，垂衣贵清真……我志在删述，垂辉映千春。希圣如有立，绝笔于获麟"，竟以孔子的继承者自居，诗亦得儒家经学之精髓。陆游之所以爱国，绝非是一种自发的、朴素的感情，更重要的是源于经学的文化心理。赵翼指出："其时朝廷之上，无不以画疆守盟、息事宁人为上策，而放翁独以复仇雪耻，长篇短咏，寓其悲愤。或疑书生习气，好为大言，借此为作诗地。今阅全集，始知非尽虚矫之气也。"并指出放翁不仅仅是十余岁时早已习闻父辈有关国事的言论，"遂如冰寒火热之不可改易；且以《春秋》大义而论，亦莫有过于是者，故终生守之不变"。《春秋》一书微言大义很多，其中重要的一点便是尊王攘夷，用夏变夷。孔子希望华夏诸族联合抵抗夷狄入侵，进而以中原地区的先进文化改造夷狄野蛮的习俗，实现政治与文化大一统的理想。孔子这种思想，在《论语》中也已表现："夷狄之有君，不如诸夏之无也。""微管仲，吾其披发左衽矣，如其仁。"随着历史的发展，《春秋》"夷夏之辨"成为后人所言民族主义、爱国主义的理论依据。熊十力《读经示要》即言："自孔子作《春秋》，昌言民族主义，即内诸夏而外夷狄是也。但其诸夏夷狄之分，确非种界之狭陋观念，而实以文野与礼义之有无为判断标准。凡凶暴的侵略主义者，皆无礼无义，皆谓之夷。故《春秋》所谓文明者，不唯知识创进而已，必须崇道德而隆礼义，否则谓之野，谓之夷，等诸鸟兽，必严厉诛绝之。"在宋代，没有"爱国主义"这一现代名词，但《春秋》严于夷夏之防的道理为士大夫所熟知。陆游志存恢复，即是民族自尊自爱的感情，也是渊源深厚的文化理性。而钱锺书论陆游诗，一如龚鹏程先生所说，"总是在文字的枝枝节节处打转"，不娴经义，也就不识陆游的思想本源；兼以不考史实，不观陆游为人之全体，唯凭主观臆断，其说就必然诬妄、自蔽而不自知。

钱锺书生于1910年，童年时代就爱读小说与诗歌；及稍长考入清华，攻读西洋文学，再出国留学；抗战期间归国，在高校授课亦多为欧西文学。早年发表文章，都是讨论中西文学，继而用现代文写小说，到二十世纪四十年代始撰《谈艺录》。"五四"期间批判儒学与鼓吹西化的思潮甚嚣尘上，儒学经典的神圣性与权威性被彻底解构，科学主义大行其道。"五四"后胡适提倡"整理国故"，便是以所谓科学方法怀疑批判古史，"捉妖打鬼"，古人成为手术刀下剖视的木乃伊，卷入新潮的治学者对本国文化已丧失温情敬意。这种"用夷变夏"的风气弥漫知识界，不能不对钱锺书产生影响，何况他接受了西方教育。当然钱锺书未曾一味跟风，仍然喜爱旧诗，不废文言，力图在文学方面"通中西之骑驿"，《谈艺录》和写成于晚年的《管锥编》都是这种思路的产品。然而钱锺书热衷于"谈艺",只问词章,不管义理,只承认诗文的艺术价值,明显有西方学术分科独立的影响,造成的最大问题便是见其偏而不见其全,舍其本而逐其末;不但割裂诗文与经史的关系,而且也割裂了诗文本身内容与形式的关系。盖文学是人学,诗歌重在言志抒情,思想内容与赖以表达的语言艺术水乳交融,浑成一体,何能强分?诗不同于抽象的音乐,也不同于以颜色、线条来显示美感的绘画,格律诗章无法脱离思想而单独存在。诗人情意的真与善确乎有赖于诗艺之美而得以表现,但思想境界之高下往往对作品起决定性的作用。即使有些能诗者无病呻吟,巧于言语,如钱锺书所云"呻吟而能使读者信以为有病,方为文艺之佳作耳","盖必精于修词,方足'立诚',非谓诚立之后,修词遂精,舍修词而外,何由窥作者之诚伪乎?""我们常常把说话来代替行动,捏造事实,乔装改扮思想和情感","假病能不能装来像真,假珠子能不能造得乱真,这也许要看各人的本领或艺术"。然而人不可能一辈子掩饰自己,"病"装得再像,也会露出马脚来,经不住刨根问底的追究。"听其言而观其行","知人论世",结合诗人毕生经历和时代背景以观照其作品,验情感之诚伪,恰恰是治诗者不可少的方法。伤时感事之作必须如此研究,方得其真;就连山水、咏物和写一般生活题材的诗,同样要关注作者的情志和寄托,仅言词采,只知表面。钱锺书张扬诗艺之美,多重言情写景之作及奇思巧句,斤斤于修辞炼字与诗句如何脱化于某家某派；对怆怀家国、诗中有史的诗避而不谈或存而不论，正乃自暴其短。《谈艺录》论杜甫诗，仅言"杜样"——七律中"雄阔"与"瘦硬"两种风格，明清名家如陈子龙、钱秉镫、钱谦益、顾炎武、王夫之、屈大均以及姚燮、金和、康有为、丘逢甲，等等，皆无评议或言之甚少；而指责陆游"大言谈兵"，到了不通情理的地步。再看钱锺书津津乐道的杨万里，其诗写山水景物不过是全部作品中的一部分，杨氏之思想本源仍在儒学，只是不像陆游那样在诗中表现而已。读者若仅观《谈艺录》，以为杨万里只知刻山画水，"活法为诗"，不知忧国忧民，则大错而特错。总之，研究文学，尤其是研究传统的诗歌，必须着眼于大处，把握文与质合、形与神合、真与幻合、美与善合的整体性原则，兼顾思想与艺术，不走极端，不取片面，力求确实圆融，方为正理。儒学经学，是历代大诗人思想的核心，道家与佛学虽有济于儒学，毕竟不是主流；诗论不通经义，则不知诗之根本，传统诗歌离开儒家的德性义理，便丧失了最高价值。在中国古代诗坛，抽去了儒家思想这一主心骨，诗人不过是一群逃避现实、玩物丧志的犬儒主义者而已。

　　研究陆游生平与诗歌，钱仲联先生有杰出的贡献，校注全部《剑南诗稿》85卷，共8册，近280万字，王蘧常先生叹为"举世无人敢措手"。钱仲联先生参阅了多种陆诗版本与相关文献，加以校勘、辑佚，考释多首诗的写作时地、历史背景以及诗题中涉及的人物、山川，注释诗中涉及的地名、人名、典故、僻词，以及持论之所出、诗句之借鉴前人之处等，并参考陆游文集，"以陆证陆"。编末附录《宝庆会稽续志》《宋志》及《山阴陆氏族谱》中所载陆游本传，并自编《陆游年表》；另汇录各家书目和提要所载陆诗的版本资料，引用书目多达 400 余种。钱先生独力完成这一规模宏伟的学术工程，倾注了无数心血，为后人研究陆诗奠定了基础。与钱锺书相比，钱仲联不通外文，但在国学方面，远胜于钱锺书，博通经史诸子，兼及佛道。校注陆诗之外，另有鲍照、韩愈、李贺、吴伟业、黄遵宪、沈曾植诗与刘克庄词笺注，以及多种诗词选注、诗话、论集，主编巨著《清诗纪事》，著述多达六十余种。在诗词创作方面，钱先生是近百年诗坛第一流大家，也远远超出钱锺书。拙著《二钱诗学之研究》（黄山书社 2008 年版）对二钱之诗与学多有比较，其中涉及二钱对黄遵宪诗的不同评价，批评钱锺书论诗不考史之误，兹不具引。

　　我和梦芙一样，对钱锺书先生的认识，也有一个不断深化的过程。结论基本上也是一样的，不过我可能对他的个别问题还有些苛求，超过梦芙对他的批评。后经刘松来、杜华平两位教授的商榷，才认识到自己这种要求是过于苛刻了。

　　摘录完梦芙这大段文章后，我只想说两点：（1）陆游匡济之略，岂必身任将帅？运筹帷幄不可以吗？（2）认为心性之学酸腐可厌，就坚持不选《正气歌》，难道文天祥用行动来实践仁义，也酸腐吗？钱先生的《剥啄行》不也是一首"正气歌"吗？你为什么收进《槐聚诗存》里？总之，钱先生好作惊人之论，如对陆游、文天祥、黄遵宪，都显得"好恶拂人之性"。由于自负，"语不惊人死不休"，遂致无实事求是之心。

不过对龚鹏程等先生评钱的看法，我却不以为然，早就写过一篇商榷的文章，现也转录于此：

我们今天如何对待经史子集
——从龚鹏程、胡文辉评论钱锺书谈起

胡文辉的《现代学林点将录》是一部好书，但评议钱锺书部分，引龚鹏程的话，认为钱氏"固然是在研究经史，但其研究方式和着眼点，仅在文章的意味而已……经学、史学、小学、诸子学、哲学，钱先生均不当行；惟穿穴集部，纵论文学，乃其当行本色，彼亦以此点染四部耳"。胡氏引后，认为龚氏"其意可取"。（第80页注2）

我认为这种评议是不妥当的。

经学，自汉迄清，以为它是内圣外王之学。清人焦循说："经学者，以经文为主，以百家子史、天文术算、阴阳五行、六书七音等为之辅，汇而通之，析而辨之，求其训

诂，核其制度，明其道义，得圣贤立言之旨，以正立身经世之法。"《雕菰楼集》卷十三《与孙渊如观察论考据著作书》）"立身"即"内圣"，"经世"即"外王"。但是，正如朱熹所说："千五百年之间……尧舜三王周公孔子所传之道，未尝一日得行于天地之间也。"（《朱熹集》卷三六，第三册，四川教育出版社，郭齐、尹波点校）既然如此，那么，自晚清废科举，开学堂，尤其是蔡元培掌北大后，废除读经课程，全国从小学而中学而大学都不读经了，在这种大环境下，即使钱锺书幼承庭训，其尊人钱基博课以经书，也绝不会叫儿子走清儒治经之路。因为很明显，汉人的通经致用、经明行修，到钱锺书时代，根本已成为巳陈之刍狗，毫无实用价值了。

民国以来，是不是有研究经籍的呢？当然有，如周予同、朱维铮，但他们是经学史家，其研究绝非为了"通经致用""经明行修"。

当然，也有马一浮，还有当代的蒋庆、康晓光、季惟斋，海外还有新儒家，这些人倒真是"通经致用"，打算在中国大陆用儒学来取代马克思主义。但，稍微有思想，懂得世界潮流的，绝不会赞成开倒车。

那么，作为学术研究，凭什么非难钱锺书治学之道呢？

四部之学，除经部外，还有史部。现当代学人治史，也不是走旧史家之路，继续编纂和研究那些帝王将相的家谱，为帝王提供统治术，而是走梁启超开创的新史学之路。王国维从文学、哲学、文字学始，最后以史学为归宿。陈寅恪大半生治史，晚年因目盲脚膑，乃转而治文学。从未有人非议过他们的治学方式。

至于诸子，民国以来，主要是哲学史、学术史、思想史的原材料。钱锺书立足文学，把经、史、子的文学意味挖掘出来，供其点染，这有什么不好呢？何况他还有迥异于旧式学人之处，就是："从王国维、梁启超，直到胡适、陈寅恪、鲁迅以至钱锺书先生……他们的根本经验就是：既有十分坚实的古典文学的根底和修养，又用新的眼光、新的时代精神、新的学术思想和治学方法，照亮了他们所从事的具体研究对象。"（陈平原《中国文学研究的现代化进程》，北京大学出版社1996年版）这正是钱氏区别于旧式学人之所在。什么叫"新的眼光""新的时代精神"？龚鹏程、胡文辉似均未措意，故龚说《管锥编》"主要是些人情世故的体认"；胡更认为《管锥编》可代表1949年以后大陆文史之学的结穴。"盖此数十年间，政治气候肃杀，文化界动辄得咎，知识分子唯有从公共思想遁入冷僻学术，亦如文字狱促进清儒由义理之学遁入考据之学。而《管锥编》极材料堆砌之能事，更以简约古雅的文言出之，拒俗众于千里，正隐约可见钱氏'避席畏闻文字狱'的心理。"《现代学林点将录》）又于"张星烺"条说："洛阳纸贵如《管锥编》，究其实，不亦一高级史料汇编乎？"（同上）凡此皆可见龚、胡二君既未深察钱氏的"新的眼光""新的时代精神"为何物，又未吟味《管锥编》全书的内涵。

我曾写文《唯佛能知佛》，收在《大螺居诗文存》内，现移录有关部分：

《管锥编》成于"文革"十年中，实系通过四部之书，以寓其忧生哀时之嗟……试看其如何针砭现实：

第一册一百四十页，引《潜夫论·爱日》"治国之日舒以长……乱国之日促以短"，发挥说，"国治家齐之境地宽以广，国乱家哄之境地仄以逼，此非幅员、漏刻之能殊，乃心情际遇之有异耳"。以下繁征博引，无非说明"上下畏罪，无所自容"，"秦世峻文峭法，百姓侧目重足，不寒而栗"。从建国起到"文革"结束止，极左政策下，知识分子充满恐惧感，深刻体会到，只有真正的民主，才能享受到"免于恐惧的自由"。这样从现实抽象出义理，我就屡屡为之慨叹：圣人亦得我心之所同然耳！

同册二百三十四页，引原伯鲁不说（悦）学，纠正孔疏，谓"愚民之说，已著于此"。特引宋人晁说之《嵩山文集·儒言》："秦焚《诗》《书》，坑学士，欲愚其民，自谓其术善矣。盖后世又有善焉者。其于《诗》《书》则自为一说，以授学者，观其向背而荣辱之，因此尊其所能而增其气焰，因其党与而世其名位，使才者颣而拙，智者固而愚矣。"在极左时期，郭沫若、吴晗等的受宠，陈寅恪、吕荧的受辱，究竟谁才谁拙，谁智谁愚？钱氏最后冷嘲说："即愚民之术亦可使愚民者并自愚也。"看看"四人帮"的覆灭，你不会惊叹钱氏此言的穿透力吗？

第三册八百六十二页，杂引历史上的"察事""觇者"之流，断之曰："以若辈为之，亦见操业之不理于众口矣。"又引曹操之言，"使贤人君子为之，则不成也"。更引元人俞德邻《佩文斋文集·觛阜》，说明："盖似痴如聋，'群视之若无人'而不畏不惕，乃能鬼瞰狙伺……"又引古希腊执政者欲聆察民间言动，乃雇妇女为探子，"岂不以其柔媚而乐与亲接，忘所顾忌耶"？此指斥"积极分子"的汇报，甚至故意引出别人的真话，上纲上线，肆意批判，还记入档案。

同册八百七十九页，引"摩兜坚，慎莫言"，"言之杀其身"，而断之曰："一典之频用，亦可因微知著，尚论其世，想见易代时文网之密也。""反右"和"文革"，以言贾祸，或以文字受难者，不胜枚举，使人如行荆棘中，动辄得咎。

同册九百二十二页，从董仲舒《士不遇赋》的"孰若返身于素业分，莫随世而轮转"，钱氏解释道："巧宦曲学，媚世苟合，事不究是非，从之若流，言无论当否，应之如响，阿旨取容，希风承窍，此董仲舒赋所斥'随世而轮转'也。"924页又指出："是以外无圆状，而内蓄圆机者，同为见异即迁、得风便转之象。"下面又说这类人"因风易象，无乎不同。脚跟不定，主张不固，迎合趋附之流遂被'顺风扯篷'之目"。这对那些风派人物解剖得多么深刻。

同册 1008 页，引崔寔《政论》而申论之，谓"论史而尽信书者，每据君令官告，不知纸上空文，常乖实政"。"上令而仁，上未必施行，下未必遵奉。""臣下章奏，侈陈措施，亦每罔上而欺后世。"这是说"三面红旗"时期的浮夸风对全国所造成的灾难，也指出了"上有政策，下有对策"。

以上所举，可见《管锥编》决非"高级史料汇编"，而是既继承孔子作《春秋》的"微言"，又奉行庭训"显言不可以避世，乃托古以明义"（《中国现代学术经典·钱基博卷》）。

关于我们今天如何对待经史子集的问题，经过以上的论述，大家可以得出一个结论：应该继续走学术现代化道路，像胡适、陈寅恪、钱锺书等前哲那样，用追求民主的思想，驾驭经史子集。以古典文学研究而论，研究者必须熟悉经史子集。因为所有集部的诗文（包括戏剧、小说），那些作者都是饱读经史子的元典的。克罗齐说得好："你要了解但丁，就必须达到但丁的水平。"你要研究古典文学，对那些文学家所读过的经典怎能不熟悉呢？

以上是关于梦芙评论钱锺书贬陆游诗的问题。

梦芙的特点是才气纵横，精力弥满。他不是书斋型的学者，而是事功型的文化人。他使我想起民国时期兴办开明书店的夏丏尊和叶绍钧，开办生活书店的邹韬奋。我私下曾拟之为广大教化主。《历代诗话》卷六十一辛集第七页《放翁》："王弇州曰：昔人所称广大教化主者，于长庆得一人，曰白乐天；于元丰得一人，曰苏子瞻；于南渡得一人，曰陆放翁：为其情事景物悉备也。"我称梦芙为"广大教化主"，除了他能继承并发扬白、苏、陆三贤的优良传统以外，还特别推崇他在文献方面的重大贡献，你看，他整理、编辑了多少套丛书！据我所知，他主编了《二十世纪诗词名家别集丛书》《安徽近百年诗词名家丛书》，据其学术简历与成果所列，编校二十世纪诗词文献丛书共有五十五种。仅就我平时在江西省图书馆文学库书架上所见梦芙主编、审订的近代现代当代诗人词人的别集、合集，就觉得琳琅满目，美不胜收。真是"夥颐，涉之为王沉沉者！"

除了主编几十种丛书，梦芙还主持澄清学风的清议。2006 年 9 月 25 日，他给我寄来一篇两万多字的长文，题为《硬伤累累，盲目推崇——评刘士林先生〈20 世纪中国学人之诗研究〉》。他毫不客气地指出，刘文某些观点，早已被前辈学者所阐明，却被刘梦溪先生（刘士林的博导）称为"学术发明"；列举该文设置所谓王国维诗词的"基本范式"，以生搬硬套学人之诗，推崇萧公权诗为"艺术最高峰"，王国维达到"最高艺术水准"，吴宓"最具诗人气质"，都不合事实，且自相矛盾；而最荒唐的是误解钱锺书"与发妻之唱和"；另外，所引用诗文，错字达一百三十多处。

据他同函所附信笺说，他之所以写此文，是受几位知名学者的委托，认为必须纠正学术界这种浮躁与吹捧之风。这使我想起杨联陞，他写过很多纠谬文字，海外学人称其为"watching dog"，视为畏友（见王元化《九十年代反思录》）。又如北大的吴小如，人称"学术警察"。梦芙正是这么一只"啄木鸟"。

读了梦芙评刘士林君一文后，我在 2006 年 10 月 6 日（中秋）日记上写了如下的话：

《谈艺录》中第 481 页："盖勤读诗话，广究文论，而于诗文乏真实解会，则评鉴终不免有以言白黑，无以知白黑尔。"余尝太息，以为今之中青年治诗论文论者皆此类者也。如某某，诚"勤读诗话，广究文论"矣，然以无旧学根底，又不能诗，其所评鉴，惟能皮傅西方诗论，及中国学人所论旧诗之见解，而已初无所见也。盖彼固未尝亲炙诗骚汉魏以迄明清各家别集与总集，唯以他人之耳目为耳目，然后傅之以西方之名词术语，以所谓新观念新方法震惊俗人耳目。俗人亦从而奉为大师，如群儿之于余秋雨然。以此为学，其流弊宁有所底止耶？——读梦芙评刘士林之文，感而记此。且钟书先生所言"有以言白黑，无以知白黑"，乃就《养一斋诗话》而言，潘德舆之诗学，岂前所言某某所可梦见耶？潘氏能言遗山之白黑，而不知其与简斋之渊源，故钟书先生以为不能知白黑也。而此岂可以语于某某辈耶？刘士林固某某之流辈耳！吾读梦芙先生文，而深慨夫旧学之渐灭无日也！盖后生日唯驰骛于新说，不复能深根固植于旧学，无本之木，无源之水，而求其为乔木，为巨川，其可得耶？

梦芙对任何人都以道义相交，有如三国魏之司马芝："与宾客谈，有不可意，便面折其短。"像我这样的学养浅薄者，居然承蒙梦芙和中华诗词研究院当代诗词家别集丛书编委先生们齿及，加以收录。这已使我既喜且惭，而尤使我感动的，是他在"国学热""儿童读经"等问题上和我的讨论。在为拙著《大螺居诗文存》所作序言中，他和婉而明确地对我的观点提出相反的意见，充分地显示了"和而不同"的君子之风。我受五四新文化运动的影响，确实比较偏激，看问题比较片面。其实由于幼读《诗》《书》，传统文化已深入我的骨髓。反省平生言行，何尝逸出儒学范围，只是总觉得为国家、民族前途计，不可能不实现全面的现代化。而要现代化，政治上必须实行民主，而儒学不可能产生民主观念。这一点，我和武汉大学刘绪贻先生完全相同。

并不是说孔、孟不懂"民主"这一政治概念，《礼记·礼运》提出"天下为公"，"是谓大同"。可见孔子是志在尧舜之道的。但那是"太平世"之事。凡事不能躐等。儒学有一个特点，重视践履，即解决当前社会现实问题。按《公羊传》

的说法，孔子生活的时代，是"据乱世"，因而儒学要做的工作，是治理好这个"据乱世"，具体的目标要求，就是君义，臣忠；父慈，子孝；兄友，弟恭；夫和，妻柔；朋友有信。

而当时是怎样一个社会呢？"臣弑其君者有之，子弑其父者有之。"所以，孔子才提出："君君，臣臣，父父，子子。"（以下类推）

懂得这道理，也就懂得为什么"其为人也孝悌，而好犯上者，鲜矣。不好犯上，而好作乱者，未之有也"。没有犯上作乱的，就因为子孝弟悌，另一边则是父慈兄友。"求忠臣必于孝子之门"，臣忠，当然君也义。

这就是儒学在"据乱世"的政治目标。

懂得这个，也就懂得为什么两千多年的皇权专制社会，不论如何改朝换代，甚或外族入主中原，儒学都是官方哲学。

试问，这种儒学怎能产生"民主"观念？

但是，儒学当然有精华。2013 年，我和研究生李陶生学弟合作的《从〈宋诗选注〉不选〈正气歌〉看钱锺书的"审美批评"》（发表在《江西社会科学》2013 年第 4 期），就足以说明我的儒学意识。我是一个完全被儒学化了的人。我不认同新儒家，只是因为儒学与民主无关。

至于"儿童读经"效果如何，2014 年 9 月 4 日《南方周末》第 4 版《十字路口的读经村》（张瑞、张维）、第 5 版《读私塾的孩子》（张瑞），我反复看了几遍，在文末空白处批了三句话："怪现状！""贼夫人之子！""救救孩子！"

　　我坚信，梦芙看了两文后，一定也会批上这三句话。

　　　　　　　　　　2014年9月10日教师节晨5时写完。

钱仲联

仲联先生是现当代大学者，他成为全国第一批博导之一，是钟书先生推荐的，其学术含金量可知。我知道仲联先生，是看了他的《人境庐诗草笺注》和《韩昌黎诗系年集释》，觉得他的学问确实渊博。在我印象中，他和黄节（晦闻）一样，专门从事诗文注释，同时自己也创作诗、古文，并取得很大成就。黄、钱不像王国维、陈寅恪那样，主要写理论性的学术著作，而诗词创作则为余事。

1979年9月我来江西师院（后改师大）中文系（后改文学院）工作后，在校图发现一本《梦苕庵诗存》，是新中国成立前仲联先生执教无锡国专时出版的。后来又从旧书店里买到一本《梦苕庵诗话》。和钟书先生的《谈艺录》相比较，前者仍属旧式诗话范畴，后者不但多与西方文论互相引证，而且对种种风格的形成与影响，也有具体而透彻的分析。形式虽然仍属传统诗话，而精神实质则已是新时代的文艺批评了。

二钱对比，梦苕也承认仲联先生不如钟书先生的学贯中西。但是，在中国典籍方面，二钱都是博极群书的，我们后辈无须分别轩轾。钟书先生由于西方文史哲的陶冶，加上国学修养的深沉，造就了他的睿智；而仲联先生诗、古文辞，无论数量或质量，钟书先生一定也是心折的。

不过，恕我苛求，正如我不满钟书先生主张纯艺术鉴赏一样，对仲联先生一件小事也有些不以为然。事情是这样：《梦苕庵诗存》有一首七古《苦热》（黄山书社 2008 年 9 月版的《梦苕庵诗文集》（上）第 83 页），与清人沈德潜的《苦热行》对看，颇多雷同之处。现录如下：

钱诗：

烛龙呀口绛都破，毒日地狱真无奈。置身宛向煮海中，赤云崚嶒逼虚座。斋头汗雨蒸烦冤，门外红尘迷堀埌。河水庳干田硬铁，嗟尔老农亦劳瘁。四城日有暍死人，处处招魂吟楚些。我生犹得企脚眠，不独自怜还自贺。逃暑喜与蒲葵亲，触热愁逢襁褓过。银床冰簟手难著，暂遣晨钟供睡课。寸肠殷忧死无所，每饭只疑甑中坐。昨梦忽到姑射山，中有神人抱云卧。千松拔翠如欲飞，万花含露不可唾。嗒尔不觉冰肌凉，御风泠然人一个。梦回依旧身入瓮，散发无缘洗尘涴。眼看一片西山云，涓滴公然居奇货。岳宫祷雨信有无，杲杲红日当空大。

沈诗：

长安酷热真无奈（稷），火伞炎官势方大。幽燕转似头痛山，常有恶风逼虚座。朝堂束带汗如雨，况复长驱走铃驮。郁烟处处蒸毒淫，尘块时时迷堀埵。街头日有暍死人，五城共报千百个。我生眠食故依然，不独自怜还自贺。招邀怕赴河朔饮，款谒愁逢襁褓过。避炎偏受歊炎蒸，尽日烦冤甑中坐。梦魂忽到冷泉亭，瀹沧绿净不可唾。长松激响翠欲飞，怪石穿空云可卧。梦回依旧落此间，散发无缘洗尘涴。起行愁思立中庭，百感迷茫闵劳瘅。郊宫祷雨信杳然，新月上弦斜半破。

两诗布局、用韵完全一样，词句也有许多雷同。以仲联先生之才，何以如此？1982年我和他通信时，就委婉地点破这事，可他回信避而不谈，2008年黄山书社版《梦苕庵诗文集》仍收此诗。我认为这是"英雄欺人"，他以为一般人不会看《归愚诗钞》。事实也是这样，我如果不写《清诗流派史》，也不会去细读沈德潜的诗集。不通读，是不会发现这个秘密的。

仲联先生是反对"偷""窃"前人的。《梦苕庵诗话》（齐鲁书社1986年3月版）第209页有一条：

陈独漉《读秦纪》云："谤声易弭怨难除，秦法虽严亦甚疏。夜半桥边呼孺子，人间犹有未烧书。"此诗传诵已久。顷阅《袁中郎集》，则竟是窃取中郎。中郎诗为《经下邳》云："诸儒坑尽一身余，始觉秦家网目疏。枉把六经灰火底，桥边犹有未烧书。"独漉为岭南大家，何不检乃尔？因此联想及近日偷诗名手杭人徐某，近又大窃李越缦诗，印成小页，分寄友朋。此君殆以世人皆无目者耶？何不以陈独漉为借口，更可放胆而窃，呵呵。

袁中郎（名宏道）生卒年不详，1602 年（明万历三十年）前后在世；而陈独漉（名恭尹）1631 年（明崇祯四年）生，至 1700 年（清康熙三十九年）卒。两人虽非同时人，也是相距密迩，公安派又大名鼎鼎，陈氏洁身自好，未必遽向中郎集中作贼，据我揣测，绝大可能是无心暗合。仲联先生对沈德潜，那可是赃证俱在。

这样出尔反尔，使我联想到抗战时期仲联先生参加汪伪"国府"，实非偶然。我这不是深文周纳，故入人罪，今年（2014）《文学评论》第 4 期解志熙的《"默存仍自有风骨"——钱锺书在上海沦陷时期的旧体诗考释》一文，对龙榆生、冒孝鲁、钱仲联等附逆文人口诛笔伐，严于斧钺。我有一名研究生说，钱在聊天时说，如果不是日本很快投降，他可以升次长了。可见他对自己这段历史还是津津乐道的。

夏承焘《天风阁学词日记》多处写到解放后钱氏狼狈异常的情形，虽挚友亦不能为讳。因为这不是可以出入的小德，而是不可逾闲的大德。无怪乎刘衍文老先生在其几种著作中大肆讥弹。我读了钱氏当年挽汪精卫的几首诗，实在不能不奇怪，像钱仲联、冒孝鲁、龙沐勋（榆生）这些才人，为什么会这样不明大义，甘心附逆？过去闻一多曾怒斥汪精卫、郑孝胥、梁鸿志、黄浚（秋岳），说旧诗作得好的都是汉奸（大意）。这当然是偏激之辞，但我们确实不免兴叹："卿本佳人，奈何作贼？"

我不了解真相，可能仲联先生陷溺不算太深，共和国还是充分发挥了他的特长，让他做出了应有的贡献。这是他的幸运，也是中华传统文化之福。

安徽刘梦芙兄尝亲炙钱老，甚蒙赏识，著有《二钱诗学之研究》一书，于仲联老特加推崇，但对钟书先生的《剥啄行》更赞扬备至，认为这种拒绝汪伪国府说客的大节，是民族正气的表现，值得继承和发扬。（顺便说一句：解志熙义大力表扬钟书先生的气节，却没提到《剥啄行》，不知何故。）

我丁二钱，都曾通函请益，也均蒙矜宠，皆有知遇之恩。学识上虽更尊钟书先生，但也和梦芙一样，不满其某些言论，觉得这位"文化昆仑"总爱作惊人之论，即如《乾嘉诗坛点将录》作者问题，他偏要根据贝青乔一诗题，而疑为叶廷琯所作（详见刘永翔教授《〈乾嘉诗坛点将录〉作者考实——为钱锺书先生祛疑》一文，刊于《华东师范大学学报》2014 年第 3 期。）

对于仲联先生，我同意梦芙的意见，在中国传统文化的修养和诗文创作的造诣方面，是很少人能企及的。

关于宫体文学的论争

诗案乌台遍九州，派分七月枉累囚。

风怀宫体甘违俗，年谱稗畦可写忧。

白水同盟雄太学，青山独往避名流。

我同太仆嗤庸妄，一例异趋似凤洲。

2011 年 6 月 8 日《文汇报》第 5 版"新闻点击"特大标题《斯人已去斯文长存——复旦师生追忆昨天逝世的章培恒先生》，使我大吃一惊：章君就走了！

我和他并未识面，但神交已久。这份几十年的神交，内容其实单纯：既赞赏他的《洪昇年谱》和他与骆玉明君主编的《中国文学史》，也对他某些论点颇不以为然。

上面那首七律概括了我和他之间的重要事实。

（1）胡风集团冤案，株连甚广，捕风捉影，草木皆兵。章君后来的自传曾谈到这个问题，我看了后，深表同情。朱东润先生是他的恩人，把他留在中文系资料室工作，并安排蒋天枢先生指导他打下较扎实的文史根底。我对朱先生很尊敬，因而对他所契重的人，也就爱屋及乌。特别是看了《洪昇年谱》后，对他更有好感。"文革"中毁了我两代藏书，折合银元不下四五千元，因而"文革"后我再不买书。可是看到《洪昇年谱》，我还是破戒买了，并在扉页题了一段话：

余旧蓄《稗畦集》，虽蹊径各殊，赏心未足，顾以儿时从《两般秋雨庵随笔》知洪先生"可怜一曲《长生殿》，断送功名到白头"事，嗟文人之多厄，因并其诗亦取以备览。今夏返章门，获此年谱。作者考求佚事，用功甚劬，而搜讨群籍，非恒辈所敢冀也。非然者，羽琌一传，岂遂艰难若是哉！

岁在己未年初夏青年节之又次日，世南叟

1979 年 5 月 6 日

当时我还没有进入江西师大中文系工作，所以非常羡慕章君能充分利用复旦的资料；不像我，早就想写一部《龚自珍评传》，却僻处铁河，毫无资料。

（2）我跟章君发生争论，是由于他欣赏齐梁宫体诗，意图提高它在古典文学史上的地位。我认为这种翻案文章大可不做，于是寄了一篇商榷文章给《复旦学报》编辑部。文章倒是刊布了，编辑按语却特别声明，发表我文，是征得章君同意的。那种居高临下的口气，使心高气傲的我，火冒三丈。看到下一期他的答辩，仍然坚持己见，而个别人又在旁边冷言冷语，似乎我是企图以骂名人而求出名，章君的答辩是抬高了我。我对章君的古籍修养水平是一目了然的，还是写第二篇文章进行商榷。再寄《复旦学报》，它不登了，我就投给本校（江西师大）学报发表。不久，《人大复印资料》全文转载，包括章一篇、我两篇。

又过了二十一年，章以主持人名义支持徐艳的《"宫体诗"的界定及其文体价值辨思——兼释"宫体诗"与"宫体文"的关系》一文的论点，实际也是章君的论点。（《复旦学报》2009 年第 1 期）我于是写了一篇《论"宫体"文学的发展与影响》，先发在《江西师大学报》2009 年第 6 期，又收入拙著《大螺居诗文存》（黄山书社 2009 年第 1 版）。我留心查阅了以后每一期的《复旦学报》，再没有这类文字了。而章君在"主持人的话"中，本来是认为徐文是对"宫体诗"的"崭新认识"，"必将导致对南朝文学的价值和历史地位的重新思考"。

我对自己这篇批判文章最满意的地方，是指出了骈文的发展历程的日益散文化，亦即日益与古文合流。这其实反映了文学的一种发展规律，即日益口语化，因为只有这样接近口语，才能更完美地说理、叙事、抒情。我之所以说"接近口语"，是因为纯粹的口语是冗长的、琐碎的、重复的，必须提炼，使之精练。可见五四新文化运动的出现，正是漫长的文化发展规律的合规律性与合目的性的体现。

章君逝世后，有的纪念文章中提到他"语不惊人死不休"，这和司马迁的"好奇"同样可贵。但我认为，好奇必衷于理，不能为好奇而好奇。章君故意为骈文翻案，就是好奇之过。章君个人喜爱小说，试问中国小说的发展史上，为什么只有《蟫史》和《燕山外史》，而且终于灭绝？文论史上只有《文赋》和《文心雕龙》，到刘师培的《中国古代文学史讲义》，就继起无人了。即使《文选》名家李详（审言），他也不以骈文形式来论诗文，其故难道不应深长思之？

所以，我对章君的评语是"质美而未学"。钱锺书先生也好奇，但其奇生发于丰富的学力。唯其学力深厚，所以识力卓越。章君则反是。到他这一辈，无论国学、西学，比起陈寅恪、钱锺书，甚至顾颉刚、杨联陞来，真是培塿之于泰山！

附录：一次座谈会上的发言

从文学观念谈到创作与评论

文学观念无非两种，不是"为人生而艺术"，就是"为艺术而艺术"。鲁枢元等说成"向外转"与"向内转"；刘心武把前者说成"精英意识"，把后者说成"绿洲意识"。

我和章培恒先生的争论，实质就在这里。最近公刘和洪子诚、老木的争论也是这个问题。这就是政治和文学的关系问题。这个问题中外古今一直在争。五四时期倡导"走出象牙之塔","走向十字街头";萨特强调只有为了别人,才有艺术;只有通过别人,才有艺术。这和克罗奇的文艺思想恰好相反。因此,萨特坚决反对为艺术而艺术,主张有倾向性的文学。

正如洪子诚所说:"这个古老的问题好像已经解决,实际上仍是我们驱赶不去的梦魇。"

我们不是搞创作的,但不管研究古典的、近代的或当代的,教学上都要向学生讲批判继承。究竟我们继承什么遗产?

主张"为人生而艺术"的,重视民生疾苦,充满忧患意识,以文艺为武器(即工具)。

主张"为艺术而艺术"的,则强调文艺只表现个人情绪,表现自己最喜欢的审美趣味。因而淡化现实,甚至远离现实,取消作家的社会责任感、历史使命感。

章文的主要论点:

"不要现实主义",不要社会责任感。他把"现实主义"与"为政治服务"划等号,认为为政治服务的作品一定失败;而在封建社会里,则作家越有社会责任感,越有利于封建统治,因而白居易的刺时诗与讽喻诗,不如《长恨歌》《琵琶行》;我校文学院同事胡凡英老师在复旦进修时听章讲课,贬低杜甫。这就使我们思考:究竟继承什么遗产?只继承"空灵""玄远"的作品与齐梁唯美文学（宫体诗）行吗？

要写超阶级的人性，肯定个人欲望，文学创作不是为了满足社会的需要，而是为了满足自己，获得心灵上的快感。因此，他认为六朝唯美文学（宫体诗）比起强调功利性的文学是一种进步。同时，他主张文学创作不应紧贴现实，而应引导读者在更高一个层次上思考，即文学与哲理的结合。

我反驳他：文学是人学，人不仅有自然性，即生物性，还有社会性。文学作为人学，是写人的社会性，而不是写其自然性。所以，不应强调文学只应写超阶级的人性。个人欲望符合人民大众的欲望才值得肯定。脱离现实，抽象肯定个人欲望，甚至极端个人主义欲望，那是不对的。创作只满足自己，只为自娱，古代并无其事。当代近年出于对"文革"的逆反心理，这样做了，结果纯文学失去轰动效应，报告文学风行。唐达成指出："报告文学热潮的崛起，不是偶然的……随着改革的深入，人们对于这种急速变化，和出现的许许多多社会现象、社会问题，为了认识它，了解它，适应它，就特别需要通过各种渠道来获得社会的信息，需要从这种变化中，进一步思考我们国家和民族发展的前景，思考生活的意义，思考人生的价值。报告文学正是以它的切近现实，直面人生，开拓视野，开发思维，密切结合广大群众所迫切关心的各种各样的'热点'为特色，紧紧抓住了人们，吸引了人们。"（《报告文学的发展是时代的需要》，见《光明日报》

1989 年 3 月 7 日第三版）当然，报告文学现在已深化了，它
"最深刻的批判不在对某个政治或社会问题的揭露，而在解
剖民众生存心态"。（王尧《正视我们的心灵——报告文学创
作的新转换》，见《人民日报》1989 年 3 月 14 日第六版）我
们赞成文学与哲理的结合，作品是应引读者在更高一个层次
上进行思考。但章文论述错误，阮籍、陶渊明的哲理诗并非
悲观哲学，李泽厚、刘纲纪《中国美学史》第二册上说得对：
"从汉末至魏晋，既产生了对人的存在和价值的痛苦的感伤
和思索，但又并未完全堕入悲观主义，仍然有着对人生的执
着和爱恋。"就是阮籍有悲观情绪，也是现实政治的产物，而
不是什么"以个人为本位""为自己的生命即将结束而悲哀"。
再回到"创作只满足自己"上，据说八十年代的年轻诗人，
如先锋派的北岛等，都是主张与政治绝缘的，做得到吗？北
岛真名赵振开，他牵头搞签名运动，又为方励之未能出席布
什答宴而发表意见。老木（刘卫国）一边叫喊"诗歌独立"，
一边参加签名运动。最有意思的是《随意道来》得一等奖。
至于唯美文学比杜甫、白居易诗进步，杨明等论文无非说它
对唐诗工笔描写景物有借鉴作用，其实唐人全从鲍照、阴铿、
何逊、庾信（非宫体作）等人学习诗歌技巧。

　　我和章的争论，说明文学如长河，古、近、现代不能割
断，而章文出现与当代文艺思潮有关。

　　如对嵇康、阮籍、陶渊明等人作品如何分析，我认为

"都是当时政治的产物，不是超政治、超现实的'自我意识的加强''对个人的价值的新的认识'"。我文发于 1988 年第一期《复旦学报》，而公刘在 1988 年第四期《文学评论》上发表《从四种角度谈诗与诗人》，也说："嵇康、阮籍、陶潜、王维等人的若干空灵、玄远、难以索解却脍炙人口的名篇，岂不正是彼时彼地的'政治'产物么？为什么要避祸遁世？是因为政治；为什么要放浪买醉？是因为政治；为什么要啸傲山林？是因为政治；为什么要躬耕陇亩？是因为政治。这一批因唾弃政治而为历代知识分子仰慕的大家，他们的'咏怀诗''求仙诗''田园诗''山水诗'，无一不是主观上企图淡化'政治'，而终于不自觉地让政治变成了心灵屏幕上反射出来的折光。不错，从字面上看，这些诗的确和政治保持着遥远的距离，遥远得简直达到了无欲无求、超然物外的境界，然而，透过纸背体会，哪一首不恰恰又是对黑暗的封建政治的控诉？……既然明明生活在政治氛围之中，却偏要创造真空，那只能是徒劳无功白费劲而已。"

最近逝世的鲍昌（中国作协书记处常务书记）在《当前文学发展趋向和存在的问题》一文中指出："严肃文学自身存在许多问题，如作家的社会责任感越来越弱，忽视读者的要求，追求在空灵、超然、梦幻中表现纯粹的自我，或逃避社会矛盾，热衷于写'杯水'风波。一些作家同生活拉开了距离，以'寻找自我，返回自我'为口号，不断卖弄技巧。"请注意，他谈的是当代文学，而移以评章文，不正是如此么？

刘心武谈两种意识，他的自我解剖，正可证明嵇、阮、陶、谢等避世之作的成因。刘文见《文学报》1989年3月2日。他先解释什么叫"绿洲意识"："有些作家在争取'私人空间'的自由，维护独立的人格与心理，在行动上表现对社会的淡漠，对理想的嘲讽，对责任与道德的鄙夷，在文学上走向唯美，走向沙龙、先锋、前卫。"他说，绿洲意识的作品"只在圈内哥儿们在互相激赏和评价"。刘心武说："我的参与意识强，一贯的气质不仅关心文坛，而且关心文化界，关心国家和民族的命运，笃信'国家兴亡，匹夫有责'。只是由于明明是良性参与，却有人大动干戈。我并不怕打击，但创作情绪常被破坏，也使我想回到'绿洲'上去。"

我从不反对作家写出自己的个性。拙著《清诗流派史》最重视"诗中有我"，而反对王士禛的"诗中无人"。因为刘心武说："文体革命最根本的一点是每一个作家都认识到自我，彻头彻尾地做到我说我自己的话。"（《面向新的文体革命》，见《上海文论》1989年第一期）刘再复说："为自身立言，并不是自我中心主义的反社会的病态人格，而是自身对祖国、对人类都有一种终极关怀的社会性健康人格，也就是对历史责任和对祖国、人类负责的主体性人格。"（《论八十年代文学批评的文体革命》，见《文学评论》1989年第一期）我完全赞成他们俩这种意见，应该这样谈主体性。正确的文学研究方法应该像刘再复在同一论文中提到的"坚持社会历史批评方法的批评群体，他们的批评文章一方面仍然注意时代政治、经济、文化背景对文学的影响，另一方面开始注意文学主体性对历史的选择……这些批评家尽可能把历史的尺度和美学的尺度结合起来"。看来刘再复正在修正自己过去的片面看法，最新《文论报》崇杰一文及最新《人民文学》一篇关于刘再复的报告文学可以看出此中端倪。

章文在文学与政治的关系这一点上最反对我，我却完全同意公刘的看法。李存葆也宣称："我信奉古人的'文以载道''志在兼济'，不喜欢做无病呻吟的文章。我觉得文学不仅仅是一种花瓶式的点缀，也不仅仅是茶余饭后无伤大雅的奢侈品。作家应该具有深刻的忧患意识，这个意识深沉博大，崇高庄严；它凝结着真善美，寄托着对人类理想的冥冥追求；他的文学应该是面对社会，面对人生，面对全人类的。"他引福克纳的话，而福克纳指出，忘记人民，脱离现实的作品，"不是人的灵魂，而是人的内分泌"。

然而洪子诚因噎废食，因为当代诗人过去写了赞颂不该赞颂的、抨击不该抨击的政治性作品，就主张淡化政治，而提出"诗的诗界"。他的《同意的和不同意的》发表在1989年第一期《文学评论》上。把他那长串定义说坦直些，无非就是逃避现实。他也谈到嵇、阮、陶、王"若干空灵、玄远"的作品，他比章培恒明白，同意从政治角度说，公刘说得对；

但他又说："从诗的独特领域看，则正表现了这些诗人从现实人生出发（这也比章明白），对人的内心精神价值的寻求，对一种理想人格和理想的情怀的构想。"其实不仍然是从政治角度说？因为"理想人格""理想情怀"，不就是阮籍、嵇康、陶潜等"抗身青云中，网罗孰能制"（《咏怀诗》之八十一）、"不戚戚于贫贱，不汲汲于富贵，忘怀得失，以此自终"（《五柳先生传》）么？这仍然是政治的产物。至于说人类的诗的历史就是"企望超脱有限生命的人们的精神探求，重建有意义的世界的历史"，这不又回到政治上了吗？"有意义的世界"不就是平等、自由、人人享有充分民主权利的世界吗？所以，洪文拼命想甩脱政治，"维护诗的自主性"，结果正如鲁迅所自嘲的：一个人抓着自己的头发向上跳，想离开大地。

如果说洪文还承认诗人要面对现实，面对人生，那么老木则公然宣称，诗"与政治、现实无关""不是战斗的武器、斗争的工具"。他在《诗人及其时代》（见《文学评论》1989年第一期）一文中说，诗歌是一种形式的东西，诗人是形式的主人和奴隶。"一个真正的诗人，处在任何一个时代，他仅仅为自己歌唱……他不考虑人民的疾苦，政治的黑暗。"因此，他鄙薄杜甫的《石壕吏》，说那在诗歌艺术上不能算一首好诗。他说屈原是真正的诗人，"屈原的诗歌能够流传至今"，不是由于他关心了民生疾苦、民族复兴，而是由于他创作的诗篇……是一个天才的灵魂和才华，语言的、形式的才华。

"屈赋好，因为有才华。而这才华是语言的、形式的才华，与内容无关，他写得多么好呵！"好就好在形式美。那么，"天才的灵魂"又是什么呢？他说是"上帝的神性"。他引了另一位青年诗人韩东的话："诗人是上帝的使者，发挥着他那不可多得的神性。"

我同意张炯的看法："强调主体，强调自我表现，在艺术创作中有它的合理性。但过于强调，以至不能正确处理主客体的关系，不能让广大人民群众参与到时代现实生动活泼的脉搏中吸取生活的源泉，吸取创作的灵感和激情，而一味'向内转'，一味迷醉于自我感觉、自我精神世界的开掘，这就往往导向创作灵感的枯竭，导向创作内容的苍白贫乏，导向作品于时代与读者的疏离。"张炯指出："为数不少的作家和作品由于一味自我表现，而自我又与现实生活沸腾而广阔的大潮相隔绝，也就不能不表现出题材狭窄，主题贫乏，情感浮泛。有的矫揉造作，无病呻吟；有的反复咏唱小己悲欢，花花草草；有的求助于无人物、无情节、无主题，模糊淡化，让读者不知所云；有的更标榜'反理性，反知识，反语法'，主张回归到'前文化状态'……这样的作品尽管作者自炫为'艺术'，为'主体创造性'的'高扬'，读者正弃之而去读更有时代气息的纪实文学。"《文学创造和研究的新格局》，见《当代文坛》1989 年第一期）

综上所述，可见章培恒先生和我对魏晋六朝文学评价的争论，绝非偶然，乃是一股文艺思潮在新时期的反映。所谓主客体之争，所谓"向内转""向外转"，其实还是老调重弹：究竟是"为人生而艺术"，还是"为艺术而艺术"，我看，答案是自明的。

写于 1989 年 3 月 8 日—16 日

龙榆生与钱锺书

龙榆生的《忍寒诗词歌词集》，是他去世后由儿女和门人编辑，2012 年 12 月在复旦大学出版社出版的。我感兴趣的，是他有几首和钱锺书有关的诗词，可以看出钱参加英译《毛选》工作，在一些老知识人中的巨大影响，有非我们普通人所能想象的。

1953 年（癸巳）有《癸巳中秋风雨，有怀钱默存教授（钟书）北京》：

待捧银盘上晚林，黏天风雨作秋阴。蛩吟向壁如相泣，药裹关心恐不任。莽荡乾坤供啸傲，纵横简册恣披寻。漫郎合赞中兴业，伫听云山韶濩音。

一、二句写中秋风雨；三、四句写自己愁病交加；五、六句想象钱的政治得意，参加英译《毛选》工作；七、八句以元结比钱。漫郎，即元结，唐肃宗时人，曾任道州刺史，杜甫有《同元使君春陵行》赞美他。元结被一般士大夫称为漫郎，曾作《大唐中兴颂》，又有句云："停桡静听曲中意，好是云山韶濩音。"故此二句谓钱如元结一样歌颂新中国的成立，龙氏等着看钱的杰作。

1954 年有《次韵冒叔子景璠兼怀钱槐聚（钟书）北京》：

花时何遽怨春迟，冷暖由来只自知。待振天声张赤帜，枉思公子从文狸。湘灵赋罢规房杜，水绘园荒杂惠夷。看化云龙追二子，石渠麟阁是归期。

一、二句用比的手法说明新中国遍地春光，只有自己感受不到（次句用佛经"如人饮水，冷暖自知"）。第三句用班固"振大汉之天声"，说自己也想为中国社会主义做宣传。第四句用屈原《九歌·山鬼》，以山鬼比冒、钱，说他们俩"乘赤豹兮从文狸"。而自己呢，"余处幽篁兮终不见天"，"思公子兮徒离忧"。加一个"枉"字，是怨冒、钱只顾本身得意，不肯提挈自己。第五句用唐人钱起赋《湘灵鼓瑟》（末句"曲终人不见，江上数峰青"），点出中书君的姓，又用"规房、杜"写中书君将如房玄龄、杜如晦之佐唐太宗成就一番伟业。第六句用"水绘园"，明末清初的冒襄（辟疆）的私家园林，点出冒（冒景璠即冒襄后裔）字。"惠、夷"指柳下惠和伯夷，孟子说柳下惠是"圣之和"，伯夷是"圣之清"，"杂惠夷"，赞美冒景璠又和又清，像孔子是"圣之时"。第七、八句以韩愈、孟郊云龙相逐，比喻冒、钱将在新中国的文化、宣传工作中建立丰功伟绩。石渠阁，汉宫中藏书处。汉宣帝曾与诸儒讲论于此。麟阁即麒麟阁，汉宣帝图绘功臣之所。

由于龙氏的诗对自己期望值太高，钱锺书大为不安，于是我们看到附《忍寒先生寄示端午漫成绝句》，读之感叹，即追和前年秋夕见怀诗韵奉报，聊解幽忧，并酬雅意（一九五四年，钱锺书）》：

知有伤心画不成，小诗凄切作秋声。晚晴倘许怜幽草，末契应难托后生。且借余光邻壁凿（谓吸取苏联先进经验也），敢违流俗别蹊行？高歌青眼休相戏，随分斋盐意已平。

首二句说，我了解您龙先生由于和汪伪国府的关系，一直郁郁不得志，所以，来诗非常凄切（第一句从前人"一片伤心画不成"化出）。第三句用刘禹锡"天意怜幽草，人间重晚晴"，意谓尽管古人说大器晚成。第四句用杜甫"晚将末契托年少，当面输心背面笑"，意谓您现在虽然力求赶上时代，可是一般后进都是当面敷衍，谬为恭敬；背后却冷嘲热讽，笑你太不自量。第五句本用《国策》贫女借诸女余光做女工，每天以打扫卫生为报偿，自注却说是学习苏联，一边倒。连接第六句是，我钱某人只能随大流。所以，最后一联说，你说什么"青眼高歌望吾子"，别开玩笑了，根本不是那么回事，我只希望粗茶淡饭，了此一生，就心满意足了。

《得榆生先生金陵书并赠诗，即答》（一九四三年，钱锺书）：

一纸书伸渍泪酸，孤危契阔告平安。尘多苦惜缁衣化，日暮遥知翠袖寒。负气声名甘败裂，吞声歌哭愈艰难。意深墨浅无从写，要乞浮提沥血干。

此诗也收在《槐聚诗存》里，题目改为《得龙忍寒金陵书》，时间是 1942 年。另有一首七古《剥啄行》，今天两诗合看，是非常有意思的。

《剥啄行》：

到门剥啄过客谁？遮集于此何从来？具陈薄海苦锋镝，大力者为苍生哀。旧邦更始得新命，如龙虎起风云随。因馀梁益独嵲兀，恃天险敢天公违。张铭谯论都勿省，却夸正统依边陲。当年蛙怒螳螂勇，堪嗤无济尤堪悲。私门出政贿为国，武都惜命文贪财。行诸不义自当败，冰山倒塌非人推。迂疏如子执应悟，太平兴国须英才。我闻谢客蹴然起，罕譬而喻申吾怀：东还昔岁道交趾，馀皇衔尾沧波湄。楼船穹隆极西海，疏棍增槛高崔巍。毳旄毡盖傅蜡板，颇黎窗黳流苏帏。金渠玉鉴月烂挂，翠被锦裯云暖堆。大庖珍错靡勿有，鼋脑鲸脍调龙醢。临深载稳如浮宅，海童效命波蹊开。吾舟逼仄不千斛，侍侧齐大殊非侪。一舱压梦新妇闭，小孔通气天才窥。海风吹臭杂人畜，有豕彭亨马虺隤。每餐箸举下无处，饥犹喂虱嗟身羸。船轻浪大一颠荡，六腑五脏相互回。邻舫吕屠笔难状，以彼易此吾宁为。彼舟鹢首方西指，而我激箭心东归。择具代步乃其次，出门定向先无乖。如登彼岸惟有筏，中流敢舍求他材？要能达愿始身托，去取初非视安危。颠沛造次依无失，细故薄物何嫌猜？岂小不忍而忘大，吾言止此君其裁。客闻作色拂袖去，如子诚亦冥顽哉！闭门下帏记应对，彼利锥遇吾钝椎。此身自断终不悔，七命七启徒相规。

先看1942年《得龙忍寒金陵书》那一首七律。龙那封信现在我们看不到了，但从钱的这首诗看，大概是龙在向钱诉苦，说汪伪政权内部倾轧、自己受排挤的苦恼。第一联说龙的来信一把辛酸泪，非常孤立，非常危险，分别以来，只能报一个"平安"，其他乏善可陈。二联上句用陆机"京洛多风尘，素衣化为缁"，明说汪伪政权污浊不堪，下句用杜甫"天寒翠袖薄，日暮倚修竹"，说龙孤立、危险。三联上句批评龙为了一时政治上负气，自毁名声，甘心附敌，不顾万世唾骂。

下句说现在你搞得欲哭无泪，狼狈不堪，这能怪谁？末联上句钱表示要劝龙及早回头，但这层深意很难表达。下句用王嘉《拾遗记》"浮提国献善书二人，肘间金壶四寸，有墨汁洒地及石，皆成篆、隶、科斗"，意谓自己要找到浮提国那个铜墨盒，把自己的鲜血变成墨汁，用这血汁写信劝你一定要猛醒，回头是岸。

怪得很！第二年（1943）却发生了南京汪伪集团派人来拉钱下水的事，不知和龙有没有关系？此诗刘梦芙先生在《二钱诗学之研究》第155—157页有详细的解释，读者请参看，这里我就不讲解了。但我要说，钱先生这两首诗真表现出他一身浩然正气，要说"道义担当"，这是民族危机深重时代的一种严峻考验，钱先生平时淡泊、宁静，而在严峻考验面前，他独立不惧，心雄万夫，真是"强哉矫"！联想到《宋诗选注》他坚持不选《正气歌》，绝不是对文天祥和《正气歌》本身有什么不满，而是别有深意存焉。正如戴震《孟子字义疏证》中，批判程朱的"存天理，灭人欲"，其实是抗议雍正帝的"以理杀人"。

1953年龙氏又有《岁晚寄钱默存教授北京大学》：

自拨炉灰听雁音，生憎岁月去骎骎。中人寒气成龟缩，抱膝吟怀老鹤心。世运日昌情转淡，春花定好信还沉。多闻我爱钱夫子，岁晚尊中酒浅深。

完全是一派幽怨的弃妇之声。前四句写盼望收到钱的回信，可是完全失望了。五、六句说全国形势一片大好，可是你对我却"情转淡""信还沉"。其实钱本明哲保身，根本不愿和政治复杂的人交往，可龙偏要缠住他。末联不免讥刺：你倒好，一边文史纵横，一边和夫人浅斟低酌，哪会想到"龟缩"的老友呢！——不过还好，这时龙已不相信他会成为房玄龄、杜如晦，画图麟阁了，否则他哪敢这样讥刺。

过了两年，1958 年，龙又有《八声甘州·写红梅寄钱默存教授》：

看一枝春色逐人来，双脸晕潮妆。对遥上斜睨，修篁倦倚，照影寒塘。曾是霜侵雪压，岁月去堂堂。留得芳心在，省识东皇。撩拨何郎诗兴，便胡沙扫尽，难近昭阳。甚才通一顾，赢得几回肠。是冰肌，何曾点污，记那回，憔悴损容光。横斜影，映簟花格，淡月昏黄。

这是龙氏一幅自我画像，他以为自己已是一位唱《红梅颂》的江姐了。这也难怪，《忍寒诗词歌词集》第 181 页《满江红（二首）写定〈葵倾集〉，将寄陈副总理转献毛主席，再缀二章》。第 187 页《自上海乘飞机经武汉至北京》七绝第三句"载取丹忱瞻日色"，他要捧着红心见太阳了！《绛都春一九五六年二月六日怀仁堂宴席上呈毛主席》："春回律琯，喜得傍太阳，身心全暖，海汇众流，宾集群贤同欢宴。欢呼竞捧深杯劝。看圆镜，灯火撩乱。蔼然瞻视，熙然濡煦，彩霞迎面。　　长羡。乡风未改，美肴馔，双箸殷勤为拣。爱敞绣筵，乐近辛盘芳韶展，融融恰称平生愿。姹紫嫣红开满。冻梅徐吐幽芳，颂声自远。"不但和毛同席，而且就坐在他右边，所以，还给他拣菜，充分显示了中国敬老尊贤的乡风。第 197 页《五月二十五日自黄浦江入苏州河视察，倚槛放歌》，居然视察工作了，难怪他要倚槛放歌。第 199 页《蝶恋花·初夏视察西郊，车过杨家桥作》，又是"视察"！第 216 页 1957 年《水调歌头·老友周谷城教授枉过畅谈，赋词以纪，兼托上候毛主席》，第二首有"曾是为虚前席，顿感心头火炽，照我有星芒"。《史记·屈原贾生列传》："后岁余，贾生征见。孝文帝方受厘（祭祀天地五時后，享用胙肉），坐宣室。上因感鬼神事，而问鬼神之本。贾生因具道所以然之状。至夜半，文帝前席（把坐位移到贾生身边）。既罢，曰：'吾久不见贾生，自以为过之，今不及也。'"毛主席自然不会跟他谈鬼神，一定是和他讨论填词。用"前席"，既显示和领袖的亲密，是否还含有毛主席是余事为词，在他这位词学专家面前说了几句请教的话呢？下面就是《八声甘州·写红梅寄钱默存教授》了。懂得上述背景，就知道他确是以红梅自比了。你看，"省识东皇"，他是多么兴奋啊！

可"难近昭阳",这么"才通一顾",就无缘再见,"赢得几回肠",太难过了!他所以要写此词给钱,该跟托周谷城"上候毛主席"一样,可是钱对这类事恰是避之唯恐不及,哪肯给他传书递简呢!同一年又有《戊戌元宵后一日寄钱默存教授北京》:"岂缘多病故人疏,窗外春光画不如。柳蓓才黄梅露白,倾城看要好妆梳。"我并非"不才明主弃",你为什么总不给我来信?我就有倾城之色,也要靠你们帮衬("好妆梳")呀!可是这位"钱夫子"就是怪,尽管你"艳若桃李",他却是"冷若冰霜"。真是"急惊风偏遇着慢郎中"。直到1962年,才有《除夕前一日,得默存来书,关怀鄙况,走笔报之》:"黄州一谪四经秋,破帽宁容久恋头。细拨炉灰真有味,回暄遥睇思悠悠。"

同年又有《读新编〈中国文学史〉,赋寄钱默存教授》:

定见门多问字车,文章藻鉴比何如?三长小试展知几,万卷移辉抱璞居。秋爽王城占笔健,露涵朝旭孕花初。淹留绝代辒轩语,宁止新编映石渠。

此应指中国社科院文研所编的那本《中国文学史》。第三句"小试展知几"一定排印有误,如何能对"移辉抱璞居"呢?至于"绝代辒轩语"自然是指钱高深的英语水平,意谓钱的更大贡献在为英译《毛选》工作把关,参加《中国文学史》编撰还在其次。

1963 年有《立夏日，小斋漫成，寄钱默存教授》：

双竿翠竹襟初解，一朵玫瑰酒半酣。怎得词源疏凿手，
为抛珠唾到江南。

可以看出，龙是多么翘盼钱能和他消息常通。可是总是
失望。

最后一首是 1964 年的《清明后七日，病中忽忆黄任轲谈
钱默存教授近状，因成长句寄之》：

当年风度故翩翩，报道腰围转硕然。囊括异闻归腹笥，
牢笼万汇出真诠。可能余事添新构，更缀旁行济大川。怅对
花辰人卧病，我思黄子为传笺。

二句说听黄讲钱发胖了。三、四句开玩笑说钱真大腹便
便、腹笥甚富了。最值得注意的是第三联，上句说，钱是余
事为诗的，不知有新作否？下句说钱更重要的工作是英译《毛
选》的工作，包括其诗词和《在延安文艺座谈会上的讲话》
等。"济大川"用伪古文《尚书·说命上》："若济巨川，用汝
作舟楫。"此殷高宗对其相傅说的话。龙用它和前诗房、杜、
麟阁云云，含意相同。

　　此文该结束了。就在我写此文时，偶见《中国纪检监察报》2014 年 7 月 29 日第 8 版有一篇路来森的《余英时评钱锺书》，说钱"是一个纯净的读书人，不但半点没有在政治上向上爬的雅兴，而且避之唯恐不及"。1979 年钱访美时，余曾谈到英译《毛选》的事，钱"只是淡淡地回答说：他是顾问之一，其实是挂名的，难得偶尔提供一点意见，如此而已"。

　　我确实有无限的感慨。今之知识人究竟该如何自处？中国的传统，士大夫最重名节。这实际上是文化和权势的关系。龙榆生对权势唯恐求之不得，钱锺书则避之唯恐不及。学问到底在里面起了什么作用？看来有学无识是不行的。识从何来，当然从学问中来。文天祥、留梦炎同时，都是南宋的状元、宰相，而一抗元喋血燕市；一降元，且劝降前者不成，反劝元主杀文，免致放回江南再图恢复。同样道理，顾炎武与钱谦益同时，而忠奸判然。我分析，邪正之别，实在一私欲上。宋儒特别强调以理制欲，是抓住了本源。杀身成仁、舍生取义，和苟且偷生、行同狗彘，其区别就在能否以理制欲。人是天使与魔鬼的统一体，亦即理与欲的战场。"义（理）胜欲者从，欲胜义者凶"（《大戴礼·武王践阼篇·丹书》），当然，单靠道德自律远远不够，必须有一个良好的社会制度，形成良风美俗，使人不敢、不能、也耻于为非作歹。宋明理学之所以为人诟病，即因其末流相率而流于伪，成为"假道学""伪君子"。其所以至此，即因为没有一个好的社会制度。人是需要外力约束的，不能单靠自觉。只有客观条件相配合，才能创造出好公民。

2014 年 8 月 9 日下午写完

对《容安馆札记》"审美批评"的管见

钱锺书先生是"文化昆仑",既享大名,谤亦随之,并不足怪。但一代作手如台湾诗人周弃子,那样贬斥的口吻,却使我不胜骇异。

《周弃子先生集》(黄山书社 2009 年 11 月版)第 119—120 页,《致邵德润》一札云:"《论〈锦瑟〉诗》驳钱锺书引洋人理论一节,极见卓识。钱读书实不少,但知解殊浅薄,于辞章一门尤欠深入;早年观其《谈艺录》,乍见颇惊浩瀚,而细按之,亦不过洋土杂糅,隔靴搔痒,总之,扶墙摸壁,仅可欺吓崔苔菁一辈人耳。"

"知解殊浅薄,于辞章一门尤欠深入",是对钱先生论析义山《锦瑟》而说的;"隔靴搔痒""扶墙摸壁",则是对《谈艺录》的看法。这位周先生的旧诗,确实是"承同光体闽派余绪而卓然有成的",是"一位名家"(见《前言》)。他对钱先生的批评,应该不是无知妄说。我对钱先生的学识,是高山仰止的,从前即使略有异议,也不过本于"事师有犯无隐"

之义。孔子最喜门人质疑问难,曾说"回也非助我者也,于吾言无所不说(悦)"。这是其辞若憾,其实深喜。我于钱先生,岂敢妄比颜回之于孔圣,持议不免异同,实窃比于"吾爱吾师,吾尤爱真理"之谊。现在看到周对钱的批评,我实在大惑不解。

事有凑巧,近日翻阅上海《社会科学》2012 年第 7 期,读到侯体健先生的《钱锺书〈容安馆札记〉批评宋代诗人许月卿发微——兼及钱先生论理学、气节与宋末诗歌》一文,其中引了评文天祥一则:

文天祥《文山先生全集》二十卷。文山《指南录》以前篇什皆犷滑,时时作道学腐语。《指南》多抄《吟啸集》,即事直书,虽不免浅率,而偶然有真切凄挚之作矣。刘水云极推重文山,而《隐居通议》卷十二所摘皆出《吟啸集》中,于以前之作,则曰惟《茶诗》四绝颇佳,余不及也,洵为知言。《正气歌》本之石徂徕《击蛇笏铭》,则早见董斯张《吹景集》卷十四跋末,《茶香室丛抄》卷八亦言之,实则亦本之东坡《韩文公庙碑》:是气也,"在天为星辰,在地为河岳。幽则为鬼神,而明则复为人"云云也。(《手稿集》第二册第 1099 页)

我在拙著《大螺居诗文存》(黄山书社 2009 年 11 月版)

第 491 页有一篇《〈宋诗选注〉不选〈正气歌〉之谜仍未破》，正是针对钱先生《容安馆札记》评《正气歌》的原话，只是根据侯长生先生所转述的，而侯先生又是根据《宋诗选注》责编弥松颐先生的《"钱学"谈助》：钱先生"坚持不肯选入"的原因，是认为"《正气歌》全取苏轼《韩文公庙碑》，整篇全本石介《击蛇笏铭》，明董斯张《吹景集》、清俞樾《茶香室丛钞》等皆早言之，中间逻辑亦有问题。"侯先生引了弥先生的话后，指出："《正气歌》内容大体就是苏东坡、石介文章的合成，而文字也几乎一致。"还说："《正气歌》在继承方面显然太多，袭用成句，沿用原意，在原作基础上并无新的意境、意象出现。至于逻辑问题，则极可能是中间排比部分的'为严将军头，为嵇侍中血'一句与其他不类，将忠贞铁骨与贰臣降将混为一谈，相提并论。"

所谓《正气歌》内容大体就是苏东坡、石介文章的合成，是指"正气"部分同于苏文，而有关"正气"及所举的仁人志士则同于石文。先把苏文有关的句子列出来，和《正气歌》的句子对照于下：

苏文："孟子曰：'我善养吾浩然之气。'是气也，寓于寻常之中，而塞乎天地之间。……故在天为星辰，在地为河岳。"

《正气歌》："天地有正气，……下则为河岳，上则为日星。于人曰浩然，沛乎塞苍冥。"

苏文共一百四十六句，八百四十四字；《正气歌》共六十句，三百字。对照之后，苏文七句，三十八字；《正气歌》五句，二十五字。说《正气歌》全取《韩文公庙碑》，这一结论能成立吗？

再看"《正气歌》整篇全本石介《击蛇笏铭》"的句子：

石序："夫天地间有纯刚至正之气，或钟于物，或钟于人……在尧时为指佞草，在鲁为孔子诛少正卯，在晋为董狐史笔，在汉武朝为东方朔戟，在成帝时为朱云剑，在东汉为张纲轮，在唐为韩愈谏佛骨表、逐鳄鱼文，为段太尉击朱泚笏，今为公击蛇笏。"

《正气歌》："在齐太史简，在晋董狐笔。在秦张良椎，在汉苏武节。为严将军头，为嵇侍中血。为张睢阳齿，为颜常山舌。或为辽东帽，清操厉冰雪。或为出师表，鬼神泣壮烈。或为渡江楫，慷慨吞胡羯。或为击贼笏，逆竖头破裂。"

对照后，相同者只有"董狐笔""击贼笏"两处。石序所重在物，他列举"草""(刀)""笔""戟""剑""轮""表""文""笏""笏"共十件；而《正气歌》所重在人，共十二人。这是因为石介为"笏"作铭，而文天祥是以历史上这些充满正气的志士仁人来激励自己，使自己能以正气敌彼七气（囚室的水气、土气、日气、火气、米气、人气、秽气）。如此，能说《正气歌》"整篇全本《击蛇笏铭》"吗？

所谓"全取""全本"，弥、侯两先生认为是《正气歌》的缺点，别说据上所分析的不合事实，就是真的"取"了

"本"了，也未必是缺点。如果看了《昭明文选》通过李善等人的注，就可以看出，这样直用古人的话，叫做"杜诗韩文无一字无来处"。随便举个例子，如《文选》卷六十任彦昇《齐竟陵文宣王行状》：（1）"忠为令德。"注："左氏传，君子曰：忠为令德。"（2）"方任虽重，比此为轻。"注："山涛《启事》曰：'方任虽重，比此为轻。'"（3）"百揆时序。"注："《尚书》曰：'百揆时序。'"（4）"谋猷宏远矣。"注："《晋中兴书》：'谋猷宏远。'"（5）"坐而论道。"注："《周礼》曰：'坐而论道。'"（6）"亲贤莫贰。"注："《晋中兴书》：'恭帝诏曰：亲贤莫贰。'"（7）"身殁让存。"注："王隐《晋书》曰：武帝赠羊祜诏曰：身殁让存。"（8）"他人之善，若己有之。"注："《尚书》，穆公曰：人之有伎，若己有之。"（9）"方于事上，好下规己。"注："《魏志》，刘寔曰：王肃方于事上，而好下接己。"（10）"令行禁止。"注："《文子》曰：令行禁止。"（11）"人有不及，内恕诸己。非意相干，每为理屈。"注："《晋中兴书》曰：卫玠常以人有不及，可以情恕。非意相干，可以理遣。"（12）"从谏如顺流。"注："《王命论》曰：从谏如顺流。"（13）"悬诸日月。"注："扬雄《方言》曰：伯松曰：是悬诸日月，不刊之书也。"

　　单是这一篇，就可看出古人为文，全用前人成句，乃是常事。不但如此，诸葛亮的"非澹泊无以明志，非宁静无以致远"，即出于《淮南子·主术》："非澹薄无以明德，非宁静无以致远。"林逋的"疏影横斜水清浅，暗香浮动月黄昏"，本自江为的咏桂诗："竹影横斜水清浅，桂香浮动月黄昏。"杜甫、王维，都用古人成句，这是古人诗话中多次说到的。钱锺书先生博极群书，决不会以此而不选《正气歌》。《谈艺录》补订本 352 页补订 26 页，指出王国维诗"四时可爱惟春日，一事能狂便少年"，出于晚唐诗人韩偓《三月》颈联："四时最好是三月，一去不回唯少年。"钱先生谓："静安此联似之，而'一事能狂便少年'，意更深永。"可见他并不以仿古为非，则《正气歌》之仿苏、石，青胜于蓝，钱先生必不斥之。

弥先生不是说"明董斯张《吹景集》、清俞樾《茶香室丛钞》等皆早言之"吗？那就看看他们是怎么说的。

董氏的话，见于《吹景集》卷十四《文人相祖》："张平子《七辨》云：'形似削成，腰如束素。'边文礼《章华赋》云：'体迅轻鸿，荣曜春华。'今学士家但啧啧东阿语耳。石徂徕《击蛇笏铭》云：'在齐为太史简，在晋为董史笔。'乐天《泠泉亭》、吕温《虢州三堂》二记，都以四时写景物。希文状岳阳，义山歌正气，一撷其菁，争光日月。文之显晦有数哉！"

这是说，曹植的《洛神赋》，"肩若削成，腰如束素"出自张衡的《七辨》；其"体迅飞凫""翩若惊鸿""荣曜秋菊，华茂春松"，则出自边让《章华台赋》的"体迅轻鸿，荣曜春华"。张、边都早于曹植，而现在（指明代）一般文人学士只称赞《洛神赋》写得好。又如石介的《击蛇笏铭》那两句，文天祥作《正气歌》，一摘取它（指石《铭》）的美丽的花朵（指石《铭》那两句），立刻使《正气歌》与日月争光．这也像白居易的《冷泉亭记》（见《白氏长庆集》卷四十三）、吕温的《虢州三堂记》（见《吕衡州集》卷十），都按四季描写景物（吕记为"及春之日"如何，"夏之日""秋之日""冬之日"又如何；白记只写"春之日""夏之夜"如何），范仲淹模仿二记也分四季描写岳阳楼所见洞庭湖的景色，也是"一撷其菁，争光日月"。董斯张根本不是弥、侯两先生所说的鄙薄《正气歌》"袭用成句，沿用原意，在原作基础上并无新的意境、意象出现"。

其实董斯张虽然称赞范记和文歌"争光日月"，却并没说到点子上。范记的压倒白、吕两记，哪里是由于"以四时写景物"！正是因为有了末段，尤其是"先天下之忧而忧，后天下之乐而乐"这两句，再加上范文正公平生的立朝人节，才使《岳阳楼记》永垂不朽。而《正气歌》的胜过《击蛇笏铭》又何尝只是移用了齐太史简、晋董狐笔这两句！正是因为《正气歌》的后一部分，从"嗟予遘阳九"直到"古道照颜色"这 26 句（全篇六十句，这部分将近一半。这可看出侯先生所谓"《正气歌》内容大体就是苏东坡、石介文章的合成，而文字也几乎一致"，是多么荒谬的结论），加上文信国公成仁取义的惊天地泣鬼神的英雄气节，才使《正气歌》争光日月！谁要是读了这二十六句，还要说"在原作（指《韩文公庙碑》与《击蛇笏铭》）基础上并无新的意境、意象出现"，那只能说他是大白天说梦话。首先，这二十六句的内容是苏、石二文能有的吗？其次，这二十六句的意境、意象侯先生还希望它怎样"新"？

现在再看看俞樾是怎样说的。俞氏的话，见于《茶香室丛钞》卷八《文文山〈正气歌〉有所本》。现转录如下："宋人《儒林公议》（无作者姓名）云：孔道辅为宁州军事推官。州天庆观有蛇妖，郎将而下日两往拜焉。道辅以笏击蛇首毙之。郓人石介作《击蛇笏铭》，有云：'夫天地有纯正至刚之气，（前已引，此从略）今为公击蛇笏'云云，文信国《正气歌》'天地有正气，杂然赋流形'以下一段全本此意。"

俞氏只指出"语有所本"这一事实，究竟是褒还是贬呢？看不出。恰好同卷另有一条《杜牧之阿房赋有所本》，转录如下："宋廖莹中《江行杂录》云：杜牧之《阿房宫赋》'六王毕，四海一，蜀山兀，阿房出。'陆参作《长城赋》云：'千城绝，长城列，秦民竭，秦君灭。'侪辈在牧之前，则《阿房宫赋》祖《长城》句法矣。牧之'明星荧荧，开妆镜也'诸句，杨敬之《华山赋》有云：'见若咫尺，田千亩矣；见若环堵，城千雉矣；见若杯水，池百里矣；见若蚁垤，台九层矣；蜂窠联联，起阿房矣；小星荧荧，焚咸阳矣。'《华山赋》，杜司徒佑称之，牧之乃佑之孙，亦是仿杨作也。按：《华山赋》以小形大，《阿房赋》以大形小，意似有别，可云异曲同工也。"

不论祖句法，还是仿作，杜牧之的《阿房宫赋》是"工"的。

古人本来是主张"有所本"的，包括"祖句法"和"仿作"在内。《四库全书》卒《徂徕集》"提要"就指出：（石介）作《庆历圣德诗》，盖仿韩愈《元和圣德诗》体。

还有一个问题需要研究，即弥先生所谓"中间逻辑亦尚有问题"。侯先生猜测是："极可能是中间排比部分的'为严将军头，为嵇侍中血'一句与其他不类，将忠贞铁骨与贰臣降将混为一谈，相提并论。"

上海《社会科学》2012 年第 7 期，侯体健先生的《钱锺书〈容安馆札记〉批评宋代诗人许月卿发微——兼及钱先生论理学、气节与宋末诗歌》一文，也提到钱先生"批评文天祥《正气歌》承袭太多，逻辑有问题"。

如果逻辑有问题是指严颜和嵇绍，我们不妨研究一下。先谈严颜。《三国志·蜀书·张飞传》："（飞）至江州，破（益州刺史刘）璋将巴郡太守严颜，生获颜。飞呵颜曰：'大军至，何以不降而敢拒战？'颜答曰：'卿等无状，侵夺我州，我州但有断头将军，无有降将军也。'飞怒，令左右牵去斫头，颜色不变，曰：'斫头便斫头，何为怒邪！'飞壮而释之，引为宾客。"裴松之注引《华阳国志》曰:"初,先主人蜀,至巴郡,颜拊心叹曰:'此所谓独坐穷山,放虎自卫也!'"这是责怪刘璋不该邀请刘备来成都,后来果如所料,刘备取代了刘璋。从上引资料看,严颜不过由于他的视死如归感动了张飞,没有被杀,还被引为宾客。如此而已,似乎扣不上"贰臣降将"的帽子。

当然,清人严可均《铁桥漫稿》卷二《读〈三国志〉》之二,末二句云:"一个生降严太守,到今说是断头人。"但同在卷二,此诗之前若干首,有《文信国庙》,开头一句即"《正气歌》成龙驭遥",他并没有否定《正气歌》。

和钱先生成为忘年交的陈衍,在《石遗室诗话》卷三中说:"不论其世,不知其人,漫曰:'温柔敦厚,诗教也。'几何不以受辛为'天王圣明',姬昌为'臣罪当诛',严将军头,嵇侍中血,举以为天地正气耶?"

大概钱先生深受这些影响,所以认为《正气歌》"逻辑有问题"。

我认为,即使此说成立,也只是大醇小疵,不妨选入《宋诗选注》,在注释中加以说明。读者体会到文丞相在三年监牢之内,七气所蒸,忧心如焚,赋诗明志,记忆偶误,一定也能理解。

至于嵇绍,更不能因其父嵇康为司马氏所杀,就斥责他不该仕晋,以致为护卫惠帝而死。试问,"鲧殛而禹兴",又将作何解释?

以上是关于《宋诗选注》不选《正气歌》的问题。从前些年与侯先生为文商榷,一直到今,我仍积疑不解。直到今年(2012),我先看到王水照先生的《〈钱锺书手稿集·容安馆札记〉与南宋诗歌发展观》(《文学评论》2012 年第 1 期)一文,第一部分最后一段后半段:"而《札记》则完全疏离于主流意识形态的影响,沉浸于古代文献资料之海洋,独立于众人所谓的'共识'之外,精心营造自己的话语空间。他不是依据于诗人们的政治立场、思想倾向和道德型范的所谓高低来评价诗歌的高低,而着眼于作品本身的艺术成就,所以他的品评就成为真正的审美批评。"这就更使我大惑不解了。

而看了侯体健先生上述那篇论文,我更觉得问题严重。尤其是"气节与宋末诗歌"这一部分,更使我忧心忡忡。

体健先生说:"钱先生的《宋诗选注》因未选录文天祥《正气歌》曾引起学界广泛而持续的讨论,这一举动之所以会成为人们热烈关注的问题,主要原因恐怕并非《正气歌》达到了极高的艺术水准,而在于作者特殊的爱国诗人身份和《正气歌》所体现出的高尚情操与浩然正气。但在钱先生看来,这并非问题。《容安馆札记》代表了他真实的想法,他所秉持的是纯粹的艺术标准,他是以挑剔的艺术审美眼光来审视宋诗的。"

世界上有完全脱离内容的"纯粹的艺术审美眼光"吗?

《谈艺录》（中华书局 1986 年 10 月版）第 268 页：白瑞蒙论诗："情景意理，昔人所借以谋篇托兴者，概付唐捐，而一言以蔽曰：'诗成文，当如乐和声，言之不必有物。'"钱先生评曰："陈义甚高，持论甚辩。"但第 271 页又批评了白瑞蒙，说他"所引英国浪漫派诸家语，皆只谓诗尚音节，声文可以相生，未尝云舍意成文，因声立义，如白瑞蒙之主张偏宕，踵事而加厉也"。同一页，"蒂克说诗，倡声调即可以写心言志……又谓诗何必言之有物，岂无物便不得有言耶"。又引蒂克同辈诺瓦利斯之言："诗仅有声音之谐，文字之丽，不见意诠安排。"第 275 页又引白瑞蒙《诗醇》："教诲、叙记、刻划，使人动魄伤心，皆太著言说，言之太有物，是辩才，不是真诗。"这和前引王水照先生那段话"他（指钱先生）不是依据于诗人们的政治立场、思想倾向和道德型范的所谓高低来评价诗歌的高低，而着眼于作品本身的艺术成就"不是如出一辙吗？这就无怪乎《正气歌》不能入选《宋诗选注》了。

根据钱先生这种"真正的审美批评"，那秦桧、严嵩、阮大铖，以至于郑孝胥、梁鸿志、黄濬、汪精卫，他们的诗都应该列于上品了。

侯体健先生在其论文中，特列《气节与宋末诗歌》一章，说《容安馆札记》完全无视文天祥、萧立之、谢翱、真山民的气节，对许月卿，更丝毫不顾其人品之高洁，而纯作批评否定的议论。

钱先生为什么会这样？

刘梦芙先生在《二钱诗学之研究》一书中，第 155 页，《钱氏品格在诗中之展现》中，特别指出："《剥啄行》七古一章，更见（钱先生）国难期间之坚贞气节。"此诗作于 1942 年，钱先生在上海沦陷区。时汪精卫已降倭，于南京成立傀儡政府，派人来劝钱去下水，遭到先生严词拒绝。钱先生在诗中申明自己眷恋宗邦、九死无悔之素志：纵令国破如将沉之舟，亦当患难与共，岂可以一时之颠危困苦，而忘立身之大节。最后说客"作色拂袖去"，骂钱先生"如子亦诚冥顽哉"。

钱先生如此高风亮节，何以在诗歌鉴赏和评论中，把"气节"看得比诗歌的字法、句法、章法还轻呢？何况《正气歌》并没有这些缺点。这岂不是"少陵自有连城璧，争奈微之识碔砆"吗？

许建平先生《中国古代文学研究路径与方法的新思考》一文（《复旦学报》2002 年第 5 期，收入《去蔽、还原与阐释——探索中国古代文学研究的新路径》一书，社会科学文献出版社 2007 年 7 月版），告诉我们：文学的本质是什么？人本主义理论家认为是人的本质力量的表现。形式主义理论家则认为：文学的本质是处于不断创造过程中的形式。将二者统一的理论家认为："艺术，是人类情感的符号形式的创造。"这符号是"能将人类情感的本质清晰地呈现出来的形式"。（苏珊·朗格《情感与形式》，中国社会科学出版社，1986年，第51页）

许文引了章培恒先生的看法：打破内容第一、形式第二的旧观念；内容形式浑然一体，形式即内容（《关于中国文学史的宏观与微观研究》，《复旦学报》1999年第1期）。许文分析说：分析过程中，诗的形式、技巧、结构、风格，一一剔出，作者的情感即在此分析过程中得以体会。

我完全赞同这种研究方法，因为落脚点还在情感体会上，也就是说形式分析（语言分析）最后还是为内容服务的。文学既然是人学，而诗歌又是以情感人的。古人说："读《出师表》而不泣下者，其人必不忠；读《陈情表》而不泣下者，其人必不孝。"同样的，从南宋末直到今天以至于无穷的将来，人们那样被《正气歌》所感动，正如侯体健先生所说："完全在于作者特殊的爱国诗人身份，和《正气歌》所体现的高尚的情操与浩然正气。"至于说，是否"达到了极高的艺术水平"，这很难量化，只能看读者的反应是否强烈。只要看《宋诗选注》不选《正气歌》，就"引起学界广泛而持续的讨论"，"成为人们热烈关注的问题"，也就可见人心所向了。即使"文化昆仑"如钱先生，"好恶拂人之性"也是不行的。所以，王水照、侯体健两先生不断地说，《容安馆札记》是"一部带有私密性的学术笔记"，我要请问，为什么不是公开的？如果说，钱先生视此为隐私，那他身后为什么又出版？你们又说，《札记》写的是"对诗人诗作的真实看法"，难道他公开出版的是虚假看法或不尽真实的看法？什么叫"独立于众人所谓的'共识'之外"？难道千百年来众人的"共识"都错了？我看，钱先生的学术著作未必有多少私密性，有诸内必形诸外，《宋诗选注》不选《正气歌》，早已公开独立于"共识"之外了。

　　王、侯两先生希望学界研究钱先生这种纯粹的审美批评，我倒希望学界有心人能对某些文学现象作出解释，譬如被钱先生否定的晚宋诗人许月卿，为什么在诗作中"吊诡逞奇，破律坏度，近体诗复见字多，对仗拈弄"，究竟和他的"理学""气节""秉性刚介""遗民心理""艺术趣味"是否有关。我总这样想，文学史的作用，就在于对一切文学现象作出合规律性的解释，文学鉴赏也是这样。我还要再一次引用王水照先生论《札记》的这段话："完全疏离于主流意识形态的影响，沉浸于古代文献资料之海洋，独立于众人所谓的'共识'之外，精心营造自己的话语空间。"因为它使我想起刘再复先生在《思想者十八题》的《自序》中说："（本书）所有的语言都在权力之外、政治之外、宣传之外，乃是我个人独立不移的真实声音，或多或少都带着挑战习俗的声音。"他还说："人生这么短，能敞开胸怀说说由衷之言，能不迎合潮流与风气而保持一点生命的本真与锋芒，就是幸福。"这和钱先生在《札记》写作过程中的幸福感是一致的。何以刘再复的

"真实声音"，无论怎样"挑战世俗"，我们读了都觉得语语警策，惬心贵当，而钱先生的《札记》，却使人觉得有误导读者之嫌呢？

我觉得，真正的诗人，他的诗是尼采所说用鲜血写成的，因而他的生命历程就是一首最辉煌的诗。文天祥就是这样的诗人。他的伟大，就在于他用"行为语言"论证了他的"文字语言"。《正气歌》之所以照耀古今、廉顽立懦，正是由于文天祥成仁取义的正气。而这种正气是人类社会的精神支撑点，不但当下的中国急需它，人类社会也永远需要它。对这样的作品，还要寻章摘句，吹毛求疵，简直是亵渎了它，何况所谓瑕疵根本不存在。

周弃子殁于 1984 年，《容安馆札记》出版于 2003 年，他是不可能看到《札记》的。我想，他如果看到了，又该作何评论呢？

2012 年 10 月 5 日写完

马大勇

　　最近收到马大勇教授寄赠的《二十世纪诗词史论》一书，其"锚边小语（代前言）"第二段有几句话："值得一说的是，2011年底《二十世纪旧体诗词研究的回望与前瞻》在《文学评论》发表后，我意外地得到了九十高龄的刘世南先生所赐手书长信予以表彰黾勉，读到我素来敬重的前辈学者挺劲流美的字迹时那种快慰，实不亚于获颁某某奖项或'领军''人才'一类头衔的。"

　　现在是2015年，那封长信是2011年12月5日写的。我没想到马教授会这样重视这封信。从这件事，可以看出东北人亢直而又肫挚的性格。我们虽然神交已久，迄未谋面，根据此书扉页作者简介，他1972年生，今年才四十三岁，可已是吉林大学文学院教授，博士生导师。我实龄已九十二，今年10月15日进入实龄九十三，虚岁可称九十四，和马教授对比，"年长以倍"还要加上七八岁，真是马齿徒增，食粟而已。

长信如下：

大勇先生：

2007 年 3 月 9 日收到惠赠的《严迪昌先生纪念文集》，不胜感荷！2009 年 11 月拙著《大螺居诗文存》由黄山书社出版后，即奉寄一册求教，未审已达览否？

顷从《文学评论》2011 年第 6 期读到大作《二十世纪旧体诗词研究的回望与前瞻》，极表赞同。尤其对新诗的评价，我十分赞成您的看法，梦芙、晋如两位先生是带有偏见的。我年轻时一直喜读新诗，自己也写作。后来虽不再作，但仍认为诗无分新旧，有诗意即诗。无诗意，即使对仗工整，平仄协调，亦不算诗。

深圳毛谷风先生近编《海岳弦歌集》，专选海内外健在的老年华人旧诗，嘱我作序。我有一个悖论，不得解决。我认为既作旧诗，不论古风抑近体，必须典雅。在此基础上，再分各种风格。但是，现在 60 岁左右的人，有几个从小就熟读四部（经、史、子、集）的元典，并能博览群书，作出《兼与阁诗话》中那样的诗呢？

我受五四新文化运动影响很深，理性上反对"骸骨的迷恋"，感情上仍然觉得旧诗耐咀嚼，而且写起来顺手（自然是习惯问题）。再说，我的旧诗其实比学术论文尖锐，但是，出版社编辑们不太懂，容易过关。不像论文，这次黄山书社就砍了我好几篇。甚至向梦芙君提，只出我的诗集，不出我的文集。梦芙坚决不肯，只好作罢。

[写此文时附加如下一段话，原信没有：能看出我的旧诗尖锐的，应该大有人在，但形诸文字的，我只见到复旦大学中文系傅杰教授。他在2014年1月17日《文汇读书周报》第8版他的《经眼漫录》专栏，写了《大螺居诗文存》一文，指出："诗的部分则不乏对时事的关怀，不足百页，只占全书六分之一，却时见引人注目的篇章。仅读书有感而作的，就有读《陈寅恪的最后二十年》，读《中国矿难史》，甚至还有读当代小说《沧浪之水》的一咏三叹。年登耄耋却心明眼亮的诗人，读完小说，更体会到'人性恶，一据权位，必牟私利，亦必以神圣说教愚其小民'。于是慨叹：'兴亡洒尽生灵血，谁信庶民得自由。'又当苏联解体之际，诗人'惊赋'长歌，还另作《读欧阳修〈朋党论〉》，开篇说：'苏共党人一千七百万，红旗落地冷眼看。利尽交疏自古然，临财苟得临难免。'结尾说：'乌合之众虽多亦奚为，巢覆纷作鸟兽散。由来兴亡系人心，徒腾口说堪一粲。'类皆掷地有声。自序谦称其诗卑不足传，'所可自信者，凡为诗，必有为而作，绝不叹老嗟卑，而惟生民邦国天下之忧'，信然。而既如此，则不仅可观亦必有足传者在焉。"]

尽管如此，这悖论仍然不能解决。我是余事为诗的，并不像贾岛苦吟，也不像黄仲则"枉抛心力作词人"。但就我这种水平，一般读者就指为"学人之诗""张茂先我所不解"。可要我写成"老干体"，甚至于曾今可的"改良体"（"国家事，管他娘，打打麻将"），我就宁可不作。这个悖论简直是无解方程式。所以，虽然现在全国处处是诗社，个个写旧诗，我对旧诗的前途还是悲观的。

我谈这些，正是因为看了您的大作。本来我对现在一般中青年诗人并不抱大希望，以为有些写得好的，也只是香菱学诗那样，不过熟读了几家诗，又苦心写诗而已。现在，您的大文使我刮目相看，深觉您见解非凡。例如您论聂绀弩诗，就非恒辈所能道。又如您痛斥的"王幸福"，正是"不诚无物"，丧尽天良！这类文化官僚，一贯说大话、空话、套话，没有一句真话，习惯成自然，才会写出这种（简直无以名之）。

下面我谈几个问题。

（1）诗词入史问题，可能如通俗小说一样，先独立成史（范伯群君诸人所作），再入大文学史。我受"五四"影响，虽从少年时起，即看了《红玫瑰》《紫罗兰》及鸳鸯蝴蝶派小说，但一直以左翼文艺为正宗，不敢想象徐枕亚、李涵秋等也能入史。现在范君等著作出来了，自觉心胸也开放了。诗词恰与通俗小说为南北极，它继承清诗（其实是《诗》《骚》以来的）传统，名正言顺，自当入史。

（2）诗词完全可以具有现代性。所谓现代性，无非内容上表达现代公民（注意此四字）的思想感情，形式上具有高度艺术性，即尽量吸取历代大家名家诗词创作的艺术技巧，而又推陈出新，自铸伟词。

（3）诗词现代性最难解决的是形式问题，即如何能使大众理解、接受、欣赏。此即我所谓悖论。

（4）悖论不解，持续升温难。

（5）钱基博先生主张大众文化，也要精英文化。诗词是精英文化。我同意李仲凡君看法，精英文化的保守恰是它的特色。问题是这保守性使得它不能大众化。

（6）沈祖棻《涉江词》自是精品，但即使有千帆先生注，仍觉模糊影响，很难做到王观堂的"不隔"。此即致命伤，无法大众化。而不大众化，还能有生命力吗？但我又回想过来，自《诗》《骚》而李杜，以迄明、清大家名家，其别集不大都有注本吗？可见精英文化本来就不大众化。大众化了，反而就不成其为精英文化了。我前面说过，旧诗耐咀嚼，恐怕保守性也是原因之一。让我发一狂想，在实现共产主义社会以前，人类仍分为体劳者、脑劳者，那么，诗歌作为"言志""缘情"的工具，山歌、民歌仍属体劳者，诗词之类仍属脑劳者。

（7）平仄，古人并非从音韵学理上来解决，而是"熟读唐诗三百首，不会吟诗也会吟"。因为要会作诗，不仅要合平仄，还有字眼、句式，种种技巧，全靠涵泳古人名作。正如姚鼐所说，先从临摹入手，然后自行变化，所以，他不薄明七子。我在《清诗流派史》中谈王闿运的仿古问题，也认为形式仿古，内容仍新。世上根本没有思想感情上仿古的，除非是文字游戏。

（8）声律问题，我主张由它自然变革，不必预先设计。我对声律变革基本上持保守态度。亦如京剧改革一样，我喜欢《龙江颂》，京味十足，却不爱听《杜鹃山》《海港》。

要说的大概就是这些。我老了，虚岁90了。"青眼高歌望吾子，眼中之人吾老矣！"从大作看，您有大气魄，也有细工夫，20世纪诗词研究这一工程在您和你们一群志同道合者手中，一定能做出伟大成绩来。

即颂

文祺

刘世南上

2011年12月5日上午写完

信发出后，很快就收到了他的回信：

世南先生道席：

昨接赐札，捧诵数过，其惊愕喜悦有难以言语宣表者。渺予小子，僻处东隅，何所知闻，雌黄信手，抑何幸得前辈耆宿如斯热忱之奖掖提点？未免汗出如浆，颜为之湿矣。

　　以上数语，实非套话。勇之于先生大名，若干年前负笈严迪昌师门下，即已深镌脑海，《清诗流派史》流播前之台版亦早拜读详味，嗣后每谈及清诗辄津津乐道。每见先生大文揭载于期刊如《博览群书》等，皆热切关注之，每为击节。此虽不敢如先生谦称之"相赏骊黄牝牡之外"，心内固以为学界一道奇峰峻岭也。闲常与诸生言，今之学界有二刘先生，声华不甚彰而堂庑特大，功力蓊深，一则沪上衍文先生，一则豫章世南先生也。

　　以故，得先生片纸掷下于数千里之外，洋洋数千言，且极多谬赏，中心感激，先生恐难想见。勇自追随迪昌师入清诗词研究门槛，深感其有真价而时辈不解，尽多矮子观场、随人短长之论，内心多悒悒不甘，故发愿倾心如先师"为三千灵鬼传驻纸上心魂"。而近年觉清诗词价值渐为学界所承认，虽亦空白极多，而当务之急，转在现当代诗词。自 2006年以来，颇耗心力于此，意在唤醒同人关注，虽现在做一国家社科项目《近百年词史研究》，然自知比施议对、刘梦芙等先生功力难同日而语，亦实未敢以"研究"自命。但求学步，偶有所见，引以为乐，即已大佳。

　　先生大札，卓见洞穿数纸，而字里行间，尤多性情，反复琢磨，益觉神王。所谈诸问题虽仅寥寥数语，然寸铁杀人，全中窾要，大畅心怀之余，不禁拜服。

　　先生年跻大耋，而身心健旺，撰读不辍，真可惊可羡，则"人瑞"云云，确非虚语。将赐札示内子，亦惊且美云："我也想活到九十岁还能像这位老先生。"录之供先生一哂。

白雪皑皑，冻地寒天，得先生奇文飞来，顿觉遍体生暖，其间妙诣岂足为不知者道哉？笑笑。

匆匆敬颂

道祺

大勇拜上

另：近年撰拙作数本（篇）亦并呈先生指教，其简陋可发一噱处，聊供消寒而已。

我因年迈，并未回信，但泛览各种报刊时，发现他的文章，我一定认真阅读。对他寄赠的专著，更是反复披阅。因为我对现当代新、旧诗的信息一向比较关心，所以，对他的研究工作的进展也就特别留意。

我一直感到奇怪：改革开放以来，何以新诗日衰，旧诗日盛？

据德国学者顾彬说，很多人讲"中国当代诗歌看不懂"。（《文学自由谈》2011年第5期）朦胧派诗人北岛也说："现代诗歌……常常有人抱怨'看不懂'。"（《三联生活周刊》2011年第48期）

北岛的解释是："现代诗歌的复杂性造成了与读者的脱节。这和所谓现代性有关——充满了人类的自我质疑，势必造成阅读障碍。"

我是这样理解：这些年来，中国大陆写新诗的人，比看新诗的人多，其原因是，新诗内容表现的，是诗人内心特殊的内敛的自诉，一般人难以理解，加上句式欧化，不易接受，自然不愿看了。

北岛也谈到旧诗的"日渐式微"（我怀疑是否因他长期在国外，竟不知大陆旧诗日盛）。他认为，"严格的格律导致了形式僵化，以及书面语与口语的脱节"。

上一句是外行语，其实格律在旧诗的行家里手那里，根本不是束缚，反而因难见巧。下一句确是问题。当年胡适等人提倡新诗，本来就是为了解决这个问题。不料从"五四"到现在，新诗发展的结果，从创作到理论，越来越不被大众所接受。

再谈到现代性问题，我惊奇地发现，中国大陆旧诗日盛的原因主要是利用诗和词来针砭现实。美籍华人诗论家刘若愚说，诗是诗人对"境界和语言的探索"（见《中国诗学》）。我同意这一诗观，认为一首真正的诗（区别于为文造情的应酬诗），它的背后是一个广阔的世界，是血淋淋的现实，是痛苦的升华，是生命的控诉，是对自由的追求。它是热血的喷洒，它是新生命的号角，它是对一切不合理事物的批判。至于格律、技巧，只是为了使这种呼声更高昂，更激动人心，或更委婉，让弱者的哀吟，形成岩石的力量，去粉碎一切谎言。

2014 年第六届鲁迅文学奖，周啸天教授以其诗词获奖，引起很大争议。我基本上了解了报刊上各种意见，认为陈未鹏先生那篇《从周啸天获奖争议看当代旧体诗词的创作困境》（刊于《福州大学学报（哲学社会科学版）》2014 年第 6 期），可以作为这一事件的总结。该文分为两大部分：一、周啸天诗歌艺术价值平议；二、旧体诗词创作的当代命运与生存困境。

对第一部分我不想说什么，我感兴趣的是第二部分。反复寻绎之后，我发现作者其实是要求今天的诗词作者，不必汲汲于浮夸的创新，而是"回到笨拙的守正，即回到高雅的情趣，回到优美的语言，回到有规范意义的格律之中"。坦白说，我不禁失笑，因为他是指责那些高谈"创新"的诗词作者，"继承传统尚力不从心，又何来底气与实力谈衔接传统"？

马大勇先生似乎没有参与到这一片喧闹声中。他是对的，只须冷眼旁观这类斗剧。

我吃惊的是新旧诗坛隔膜之深，同在中国大陆生活，新文学界根本不了解现当代诗词创作的实际。

我更吃惊的是，同在旧体诗坛，相当一部分作者并不了解另一部分作者的创作情况。

因此，我很盼望马先生能写出一部《当代旧诗流派史》。

它先分两大类，一类姑名之曰雅正派，另一类曰聂派。雅正派纯粹继承前人传统，代表人物如钱锺书、夏承焘、钱仲联、程千帆、冒效鲁、徐燕谋等。聂派除聂绀弩外，邵燕祥主编的《当代打油诗丛书》把这一派的诗人网罗净尽。以我所知，何永沂的《后点灯集》就是其中代表作之一。承何先生不弃，把我一篇小文附在余英时序文之后，真是附骥尾了。真如韩愈在《新修滕王阁记》所说："名列三王之次，有荣耀焉。"

坦白说，我其实很爱读聂派诗，它们紧贴现实，生活气息浓。我在序里称颂该派诗人都是鲁迅精神的传人，他们的作品，也是新匕首、新投枪。

当然，诗的天地广大，我们赞美杂文般的诗，也欣赏其他风格的诗，只要它们的思想性、艺术性兼善。

毛谷风主编的《海岳弦歌集》有我一篇序，算是我的诗学观吧，希望大勇先生能看看，作为撰写《当代旧诗流溜派史》时的参考。

隐君一首赠万光明

昔读龚自珍《记王隐君》，知市井中自有奇人，心焉慕之，而惜未一遇也。侯嬴抱关，朱亥屠狗，苟得其人，接其謦欬，非平生快事欤？

一夕，余偶赴友人之筵，与张国功君接席，君为述万光明君之为人：虽贫窭，为民工，而时时访书于穷乡僻邑，见异书，斥重金购之弗吝。因出其所为诗若干首以示余。余读之，声渊渊出金石，碧海鲸鱼，莫能名状。且于吏治之窳败，生民之疾苦，凿凿言之，曾不少讳。放翁所谓"位卑未敢忘忧国"，不啻为君言之。

余乃大惊，以为颜子箪瓢陋巷，不改其乐；王霸为其子惭，得妇一言乃解。以视万君，非若人之俦耶？于是求一见之。

顾国功招之屡，辄不至。余更洒然异之，知贤士之固不可招也。

近读《现代学林点将录》裘锡圭条下，注九云：裘氏高足李家浩，曾为木工、瓦工、染工，且尝引板车为人佣；语言学家郑张尚芳曾为渔业机械厂磨工；潘悟云曾为锅炉厂车工；萧旭僻处小城，困于生计，而著有《古书虚辞旁释》及古文献笺校数十种。裘君今又招三轮车夫蔡伟为博士生。天公抖擞，不复以资格限人。万君固亦豪杰之士，不待文王而兴者也。

余老矣，平生惟愿结交天下贤者。今邑有颜子而不知，幸国功言之，而又久久不能一望万君颜色，徒结想于无穷，其为缺望又何如耶！

且反复万君之诗，中有《〈博尔赫斯全集〉书后》七绝一首，其附言累累若贯珠，评骘域外文事甚悉。余于是慨然叹曰：万君非惟邃于旧学，其于西学尤有得也。昔人谓："知今不知古，谓之盲瞽；知古不知今，谓之陆沉。"余为学每以此自儆。今万君之为学乃与余同，其能谓非宿契乎？

昔余弱冠时，尝奉书于马湛翁，愿侍函丈。翁以国事蜩螗，谓若相见有缘，可以俟诸异日。而陵谷变迁，翁卒横死于"文革"，是无缘矣。今万君近在咫尺，岂可交臂失之耶？余固当抠衣趋隅以求教于万君也。

2011 年 3 月 19 日作

2011 年 4 月 15 日定稿

外编

当代知识分子是怎样继承
和发扬中国古代士的优良传统的？

今天的知识分子，大略等于古代的士。所以美籍华人学者余英时写有《士与中国文化》。

我说大略，因为"知识分子"并不等于"文化人"，而是有思想的文化人。这个思想，即人文关怀的思想。明代东林党有一副对联，其下联云："家事国事天下事，事事关心。"这就是人文关怀。他们所说的"家事国事天下事"，都是国家大事，而不是"妇姑勃谿"的家务。而且这些国家大事都是当前的，而不是历史的。中国的士人，一贯以天下国家为己任，一贯有浓重的忧患意识，一贯"位卑未敢忘忧国"。这几个一贯，就构成优良传统。

今天中国大陆许多知识分子，都继承并发扬了这一宝贵传统。下面我就介绍一下他们的言论，是正确，还是荒谬，大家可以深入思考。但是他们这种直面现实的精神，是值得我们学习的。

什么是中国士的优良传统？"太上有立德，其次有立功，其次有立言：虽久不废，此之谓不朽。"(《左传·襄公二十四年》鲁穆叔答晋范宣子问)"虽久不废""不朽"，正指此三者已成为一种优良传统。

具体表现为汉之党锢，宋之太学，明之东林。

我们面对的社会现实如何呢？《参考消息》2011年8月31日第14版转载新加坡纪赟的《中国政治前途面临艰难抉择》一文指出："民意最为反感的现实问题，如借改革开放名义以国企私有化来鲸吞国有资产；通过教育、医疗、住房改革来加剧贫富分化；大力引进血汗和污染工业来制造带血的GDP(国内生产总值)；购买国外垃圾主权债券导致国策受制于人等。"

而我们一般概括为：(1)权钱勾结，腐败蔓延(一把手将决策权、执行权、监督权集于一身，绝对权力导致绝对腐败，《南风窗》2011年第14期李永忠《走出反腐困境亟需党内权力约束制衡》)。(2)贫富差距日益拉大(世界银行报告：目前中国1%的家庭掌握了全国41.4%的财富。基尼系数接近0.5，早已突破0.4的警戒线。《中国改革》2011年第7期吴敬琏《缩小收入差距，不单靠再分配》)。

这种社会现实是怎样构成的？根子是什么？根子就是权贵资本主义，亦即既得利益集团。

吴敬琏 2011 年 9 月 5 日在《北京日报》上指出，"中国市场经济远不完美"，"反映在国有部门在资源配置过程中处于主导地位上。尽管国有经济不再是 GDP 的主要组成部分，但仍控制着经济的关键性领域，国有企业继续在石油、电信、铁路、金融等领域处于垄断地位。而各级政府在配置包括土地和资本在内的重要经济资源上，具有巨大的权力。现代市场经济必不可少的法治基础尚未建立，各级政府官员拥有自行裁量权，可以通过投资项目审批、市场准入、价格管制等手段直接干预企业的微观经营活动。由于国有企业进一步改革受阻，经济领域出现国进民退，政府以宏观调控的名义对微观经济活动的干预加强，市场力量出现了倒退"。(《文汇读书周报》2011 年 9 月 16 日第 3 版)

这就形成新的三座大山：教育、医疗、住房。

中国社科院研究员于建嵘曾为拆迁问题，和江西某县县委书记闹翻了。后来他到台湾，"问碰到的台湾老百姓：'假如政府官员把你们家房子拆了怎么办？'老百姓说：'房子是我的，官员怎么会拆我的房子？'于先生坚持问：'假如拆了怎么办？'老百姓答：'我到法院告他。那政府官员的麻烦就大了。'于先生再坚持问：'假如法院腐败了，官官相护怎么办？'老百姓答：'那我到议会那里去告他。'于先生继续问：'如果议员也腐败了呢？'老百姓说：'不可能，他腐败了，下次我不投他的票，他就当不了了。'"(《南风窗》2011 年第

15 期，赵灵敏《台湾：印象与思考》)

台湾的民主也是近二十年的事，原先蒋介石是极权统治，但 1987 年蒋经国开放媒体，新闻自由；领导人由全民直选。(《南风窗》，2011 年第 15 期，李凡《台湾民主发展之我见》)

王毅，中国社科院哲学所研究员，2011 年 7 月份，《南风窗》特约记者张银海专访他，谈"跳出'历史周期率'"。人们只知道黄炎培的"窑洞对"，那是 1945 年 7 月 4 日。同年 9 月，路透社记者甘贝尔书面提出十二问请毛泽东回答。毛泽东说要建设自由民主的新中国。"它的各级政府直至中央政府都是由普遍、平等、无记名的选举所产生，并向选举它们的人民负责。它将实现孙中山先生的三民主义，林肯的民有、民治、民享的原则，与罗斯福的四大自由（言论和表达的自由、信仰的自由、免于匮乏的自由、免于恐惧的自由）。"王毅说，"以此为对照，就知道拿'中国特殊'论来抵制毛泽东此时彰扬的'自由民主的中国'多么荒唐。《美国宪法》开篇说：'美国人民……以树立正义，奠定国内治安，筹设公共国防，增进全民之福利，并谋求今后人民永久乐享自由之幸福起见，爰制定美利坚合众国宪法。'——若硬说中国特殊，不能与普世方向接轨，就等于说，只有西方人才有权利享有正义，只有他们的制度才能把'人民永久乐享自由之幸福'确定为立国之本，这是说不通的。"(《南风窗》2011 年第 15 期，王毅《当代中国走出"周期率"的梦魇了吗？》)

我经常想起"铁笼子"这个词，它是"法治"的形象说法。专制政治的法是治民的，民主政治的法主要是治官的。所以，美国总统卡特说："我是站在铁笼子里和你们对话。"而有些官员却骂老百姓："从来只有当官的坐轿骑马，你们当百姓的也想？呸！"

苏联为什么崩溃？那种体制必然产生特权阶层，是它导致了苏联的灭亡。黄苇町的《苏共亡党二十年祭》分析得很清楚。上海社联主办的《探索与争鸣》2011年第8期左凤荣（中央党校博导）的《从斯大林到戈尔巴乔夫——澄清一些被曲解的苏联史实》很值得细读。

《中国改革》，是国家发展和改革委员会主管的，是官方刊物，2011年第8期，赖海榕（中央编译局研究员）发了一篇《以主动改革应对中东巨变》。该文指出巨变原因：政治上，长期由政治强人及其家族掌握统治权，导致严重的贪污腐败，压制人民的政治权利，要么不选举，要么假选举，保证自己无限连任下去。在国家暴力机关的压制下，民众无可奈何，内心却累积了强烈不满，等待爆发时机。如突尼斯的民众运动，即由于街头小贩，被城管暴力执法，愤而自焚，引起民众示威，进而演变成大风暴。其余如埃及、利比亚、叙利亚都是这样。经济上，这些国家近年来都是物价飞涨，基本生活资料价格上涨更快。同时，失业率攀升到10%至20%之间，其中青年失业率更高达25%至40%。此外，贫富差距悬殊，有些国家贫困人口占全国人口 40%。这次民众运动的主力军恰是青年和贫困人口。《南方周末》2011 年 9 月 15 日头版头条即《赶走卡扎菲的年轻人》（第 1439 期）称：失业和贫穷的经济困难点燃了长期堆积的政治火药，引爆了西亚和北非的政治大变局。

该文谈到"中东巨变对中国的影响"。主要是民主化：如埃及，全民公决。（一）多党自由选举总统。总统任期四年一届，最多两届。防止无限任期导致独裁。（二）降低总统候选人资格限制，使更多的人能参与总统选举的竞争。（三）保障组党自由和言论自由。总之，中东各国民众已经积极行动，发出自己的声音。

因而作者提出，"中国应主动加快改革"。主要是"大力提高人民对政治过程的参与度"。例如，县乡两级人民代表大会的直接选举，应该提倡和鼓励公民个人自荐为候选人，提倡和鼓励候选人之间展开竞争，让群众自由投票选举人民代表。不要害怕让那些爱挑地方政府刺的人当选。"创造容许和鼓励县乡官员由人民直接选举产生的制度框架，增强人民对地方官员的监督。"

对中国的事，只能一步一步求改进。作者提的意见，从基层的民主化做起是稳健而有效的，问题是各级地方政府官员一定要具备真正的民主素质，真正做人民的公仆。

以上我介绍了几位学者对中国社会现实的分析。概括来说，政治必须民主化，权力必须制衡。只有这样，中国才能避免走苏联的老路。

中国共产党是一个集合了非常多的精英分子的党，它一定能吸取苏东巨变的教训，也能应对当前中东民众运动的形势，沿着有中国特色的社会主义道路前进。像吴思所说的，让中国人民活得有尊严。

苔花如米小，也学牡丹开

——2006 年 10 月 12 日在南昌大学
《文学遗产》编辑会上的发言

　　古典文学研究，应该回到文学本身。我研究清诗，是研究清代士大夫的心灵史，目的是了解他们在专制政治压力下的挣扎、彷徨与追求。如对吴兆骞的论析，我根据他的《答徐健庵司寇书》中"迁谪日久，失其天性"一段话，写了如下一段：从这里，我们可以得到一个新的启发：愤怒固然出诗人，但这首先得有个允许你愤怒的环境。如果处身于极端专制的高压之下，你连愤怒也不可能，哪里还会有真正的创作。秦朝没有文学（除了李斯的歌功颂德之作），其他最黑暗的专制野蛮时代也没有真正的文艺（只有瞒和骗的文艺），不仅是客观条件不允许作家说真话，某些作家甚至主观上也丧失了创作的灵感。吴兆骞这则诗论就说出了作家主观条件的问题。所以，它是深刻的，是前无古人的。他的灵魂深处的躁动和苦闷，实在类似司马迁。但司马迁能利用私家修史的地下活动，创造出伟大的"谤书"——《史记》。吴兆骞遭难后的二十三年，却始终生活在专制魔掌之下，连内心世界也毫无自由。他只能在"失其天性"的情况下，被扭曲地写出自己的某些痛苦。这就是纪昀等人所谓"自知罪重谴轻，心甘窜谪，但有悲苦之音，而绝无怨怼君上之意"。

我这样做，是控诉专制统治的罪恶，指出民主政治的历史必然性。我常说，学者必须是一个思想者，不但不能做权门的鹰犬，也不能做权门的草木。拿现在的话来说，即不但不能做帮凶，也不能做帮闲。我尊敬顾炎武（亡国与亡天下之别）、戴震（以理杀人）、汪中（称扬墨子），对阎若璩，则只佩服他的学问。

为了做一个有思想的学者，我以为：

第一，必须认真读书，尤其要根柢扎实。吕思勉："中国文学，根柢皆在经史子中，近人言文学者，多徒知读集，实为舍本而求末，故用力多而成功少。"（《经子解题》）朱光潜："经史子为吾国文化学术之源，文学之士多于此源头吸取一瓢一勺发挥为诗文。"若"仅就诗文而言诗文，而忘其本，此为无根之学"。（《文学院课程之检讨》，收在《朱光潜全集》第9卷）不可如余秋雨之大言欺人。栾梅健《余秋雨评传》第221页："在'文革'后期也曾阅读过不少的诸如《古今图书集成》《二十四史》《四部丛刊》等古典文化遗产。"此纯谎话！《集成》一万卷，且为类书，仅供查考，无人通读。二十四史，章太炎说："一部二十四史，三千二百三十九卷，日读两卷，四年可了。"至于《四部丛刊》，如他真读了，决不会以"致仕"为"出仕"。(《礼记·内则》："命以大夫，五十服官政，七十致事。"《公羊传·宣公元年》："古之道不即人心，退而致仕。")

第二，立论必溯源穷流，广征事例。余英时《侠与中国文化》，收在《现代儒学的回顾与展望》一书中。论侠，他以为起于战国，证据是《史记·游侠列传》。不知其源应溯《周礼·地官大司徒》："二曰六行：孝、友、睦、姻、任、恤。"《经籍籑诂》释"任"；《孟子·公孙丑上》：北宫黝、孟施舍之养勇；马援戒兄子严、惇书；龚自珍《尊任》；谭嗣同《仁学》主张唯存"朋友"一伦。(按：参见拙著《大螺居诗文存》一书的《有关"任侠"的几个问题》。)

第三，治学应古今中外，无抱残守缺。戴震："学贵精不贵博，吾之学不务博也。"(《年谱》)我则不然。平生蓄疑，试举数端，以求教于诸大雅君子：

人性善恶。孔子、孟子、荀子、扬雄、韩愈、黄宗羲、顾炎武、龚自珍、斯宾诺莎、卢梭、爱尔维修、霍尔巴赫、亚当·斯密（社会繁荣是人们受私利驱动而获得的成果），而说得最透彻的是洛克、罗尔斯，尤其是罗尔斯，他把人性自私和民主政治的关系阐释得警辟之至。我是通过一生经历才体会出来的，他却早从理论上阐发了。

天理与人欲。朱熹："人欲之恰到好处，即是天理。"王夫之："人欲之各得，即天理之大同。"戴震见解全同朱熹，所谓"存天理，灭人欲"，以此为程、朱罪，纯属误解。

人中。元人杨瑀《山居深语》记陈鉴如写赵孟頫像，赵援笔改正，谓曰："人中者，自此而上，眼耳鼻皆双窍；自此而下，口及二便皆单窍，成一泰卦也。"泰乾下坤上，泰。元人陶宗仪《辍耕录》卷五、赵台鼎《脉望》卷五，皆同。清人尤侗《艮斋杂说》卷七引陶九成说："人身有一泰卦：眼耳鼻皆双窍，为三阴；口二便皆单窍，为三阳。鼻下唇上为人中，人为天地之中也。盖人身有小天地也。"生理现象附会人际关系，自古已然，于今尚有。人爱子孙，甚于爱父母，谓"眼睛总是向下看"。元、清皆少数民族统治中国，专制压力更大，乃有此说。其理论根据出于《左传·成公十三年》"民受天地之中以生"。《易》之泰卦："天地交而万物通，上下交而其志同。"这两段话结合起来，反映出一种愿望：做一个顶天立地的人，生活在和谐社会里。

毫不利己，专门利人。经济学家茅于轼言：此一原则自相矛盾，因为以此推论，地球上的人只能向外星人做好事。茅还认为，人类在生物进化过程中幸而自私，否则早已被淘汰掉了。《镜花缘》中君子国，卖者自称商品质劣价高，购者亟言物美价廉，坚求多付钱。其所以使人发笑，即因其全悖人性。

我说这些，似乎琐碎，其实是为了研究一个大问题，即人性如自私，则社会制度应"因民之所利而利之"。应如禹之疏九河，而不可如鲧之堙洪水。中国改革开放，由计划经济转型为市场经济，即其明证。1978 年，安徽凤阳梨园公社小岗生产队十八个农民盖了血手印，自发起来搞包产到户，使人民公社解体。这种现象，不从人性的高度和深度去剖析，问题是永远说不清的。

　　谢谢诸位。

我与《清诗流派史》

我非常高兴，今天，福建师大文学院博导、闽南科技学院院长郭丹教授，陪伴超星学术视频的陈剑鸿等三位先生，到我校给我这一次讲学进行录像。我感到万分荣幸！

讲到《清诗流派史》，我不能忘记郭丹教授和刘松来教授。为了出版此书，他们多方奔走。松来曾向中华书局推荐，郭丹则介绍到台湾文津出版繁体字版，不久，又介绍给人民文学出版社出简体字版。没有他们的努力，此书能否问世，真很难说。

我为什么要写《清诗流派史》呢？这源自我的忧患意识，即追求民主政治。清代和我们离得很近，这两百多年内的士大夫，他们的处境：前期对明代皇权暴政有切肤之痛，又对满族压迫势不两立；康雍乾的文字狱，使士大夫痛入骨髓；道光以后，逢"三千年未有之变局"（李鸿章语），更使士大夫由苦闷、彷徨中形成种种趋向。总之，中国的内忧外患，其祸根就是皇权专制。药方只有一个：民主与法治。

于是，我想，我应该通过清代诗人的诗作，剖析士大夫们的心态，看他们在皇权高压下，有些什么具体表现。

表现无非三种：拥护、反抗、逃避。而其中又千丝万缕，矛盾重重。即使拥护皇权者，如沈德潜、翁方纲，主仆之间，僚属之间，也是恩怨无穷的。一切不人道、不合理的现象，其产生，固有它的合理性，其灭亡，也有它的必然性。必须通过重重迷雾，使读者读出历史的必然，从而勇气倍增，敢于战斗。

我就是抱着这么一个明确的目的，来构思清诗史的章节，动手搜集并整理资料的。

为什么后来改为清诗流派史？那是因为考虑到，既写断代文体史，必须体现文学史的内在规律性，尤其必须反映出清代诗坛流派纷呈的特点。

一切历史现象，从宏观上看，有其偶然性，而从微观上说，都有其必然性。清代诗坛上，每一个流派的出现和消亡，都经历着它的合规律性与合目的性的过程。

我真正动手写这本书，是在江西帅大中文系任教后。我没申请过一分钱的科研经费。在台湾文津出版时，我得到一千多美金的稿酬。而在大陆出版，完全自费。有意思的是，人民文学出版社古籍部负责人听到郭丹教授说，我完全是自费，该负责人很难过，于是决定请我为该社选注清代古文，这就是松来教授和我的《清文选》，拿这书的稿费作为补偿。

可以自慰的是，这么一本书，得到学术界的认可。

首先是《文艺研究》编辑赵伯陶先生，通过郭丹教授的介绍，我赠了他一本书，他立刻在《中国典籍与文化》2001年3期上发表了一篇书评，题为《从台湾出版的两部大陆学者的清诗专著谈起》。他指出，"基本以诗派统摄诗人，是本书最鲜明的特色"；又指出，"共时性的比较与历时性的研究的统一，也是本书的特色"。

1999年《泰安师专学报》第21卷第5期，发表了张仲谋先生的《二十世纪清诗研究的历史回顾》一文，把他的导师严迪昌先生的《清诗史》和我的《清诗流派史》，评为"标志着这一时期清诗研究的发展水平的"、"颇有分量的著作"。认为我的《清诗流派史》"既不是梁昆《宋诗派别论》那样单个诗派的各别论列，亦不同于一般的断代诗史，而是根据清诗流派相承、派外诗人较少的特点，把河朔、岭南、虞山、娄东等十九个诗派，与不必为某一流派所范围的顾炎武、龚自珍等人，根据彼此之间，或并时共处，或前后相承等关系编织起米，从而展示出清诗发展历程中流派纷呈的繁富景观"。

张先生此文，后来收入其《近古诗歌研究》（中国社会科学出版社2002年12月版）一书。

我长张先生三十二岁，但在学识上，他真是我的畏友。我在《文艺研究》2005年第6期郭丹教授所作的访谈录中，曾特别表示对他的推重。但是，最近把他那本《近古诗歌研究》看了一遍，不禁大吃一惊。松来教授曾说，我不轻易称赞人，这是事实。因为现在真正做学问的人，实在太少了。可是像张仲谋先生这样的中年学者，造诣那么高，我真不敢轻量天下士了。将来在清诗研究方面，他一定会做出大成绩来的。如果超星还没发现他，我倒愿郑重推荐。

《光明日报》2004 年 7 月 15 日"书评周刊"发表了葛云波先生的《清诗研究的"经典性成果"》一文。该文先介绍《清诗流派史》在台湾文津出版后，"收到不少学者的盛誉，如白敦仁先生评，'是书如大禹治水，分疆辟野，流派分明'。'若网在纲，二百年诗歌发展痕迹，便觉眉目清楚，了然于心'。屈守元先生评此书'既扎实，又流畅，材料丰富，复有断制，诚佳作也'。张仲谋先生认为这本书与严迪昌先生的《清诗史》，同是清诗研究的'经典性成果'"。

葛文认为，"近十年来，清诗研究的热潮不断升温，各种论著和论文相继问世，然而，能像《清诗流派史》这样厚重的论著尚属少见。在内地大力推荐该书是必要而又迫切的"。认为人民文学出版社出版了该书，"这对内地古典文学的研究将有极大的推动作用"。

此文指出，"作者不仅没有像过去的一些文学史一样块块结构地介绍作家生平、思想、作品特点而罗列成史，而是注意'时代要求、文学风尚及诗人主体的审美追求'三者紧密联系，力求追索诗歌发展的内部规律和递变，并不时表达自己的独到见解。这些都是作者着意追求的结果。他说:'我一向要求自己厚积薄发,著书必须有自己的见解。'并简略列举'《清诗流派史》的创见'四十条,以为'自我肺腑出,未尝只字篡'(《在学术殿堂外》13—14页)。其言其行都显示出作者独立的学术人格。这种独立精神不仅表现在其开拓性研究上,还表现在作者不妄随人言,亦不为大家所笼罩上。作者往往敢于直言一己之见,作鞭辟入里的论析"。

葛文最有价值的是末段:"作者视野广阔,用功复勤,表达出独出心裁的学术观点,撰成大著,自然称得上学问家。但作者不专'为学问而学问',撰成是书,尚有其良苦用心。作者在其《在学术殿堂外》曾举《清诗流派史》的重点:一、通过吴兆骞说明专制高压会使人'失其天性';二、通过谭嗣同说明民主意识的产生及其重大意义;三、通过释函可说明韧性战斗的重要。作者在其中推崇的精神在今天看来是多么的重要。王晓明在《思想与文学之间》中所表达的知识分子的忧虑,正在于这些精神在今天的丧失。在《清诗流派史》出版的同时,人民文学出版社推出了南京大学现代文学研究中心主编的《鸡鸣丛书》(王晓明《思想与文学之间》即为其中一种),意义是深远的。刘世南先生引杜甫《题李尊师松树障子歌》'更觉良工心独苦',并苏轼的解说:'凡人用意深处,人罕能喻,此所以为独苦。'刘先生这种焦虑与《鸡鸣丛书》的作者们是不谋而合的。因为有深切的人文关怀,作者在行文中便不免充满或喜或忧的情感脉动。试看第二章第四节中有云：'函可遭到清代第一次文字狱的迫害，满腔义愤，喷薄而出，化为诗篇，是控诉，也是抗争，因而字字是血，句句是泪。读它们，你会感到阮大铖《咏怀堂集》的艺术性固然只能引起恶心，就是那班寄情风月、托兴江山的闲适之作也是渺小的。''读着这样的血泪文字，我们会想起文天祥、史可法，它们真是民族的脊梁和灵魂！'作者将释函可单列一节与其他大诗人并列，不仅是将他推上诗史，更是要将他推上民族的精神史！"

葛云波先生真是我的知音！"海内存知己，天涯若比邻。"这样的知音，一定会越来越多。反专制，反皇权，政治民主化，这是世界潮流。我们顺流而下，一定能把一切不民主的制度打得粉碎。

2011 年 1 月 5 日，云波给我寄来了一封挂号信。一方面说我的《大螺居诗文存》"为学者必读之书"，并说该社古籍部负责人也看了，"亦叹学殖之深，非凡之作"。另一方面说，"我社预备推出'中国断代文体专题史'，遴选数十年来之文学史名著，汇而刊之，以饷学林。其中即包括大著《清诗流派史》，此一喜讯，特告之"。

《清诗流派史》远远够不上"名著"，这点我自知甚明，我最感惋惜的，是汪辟疆、钱仲联、钱锺书三先生，没有写出一部清诗史。我曾设想，如果我能做钱锺书先生的助手，和他合作，一定能写出一部《清诗流派史》的名著来。钱先生思想境界高，学识渊博，淹贯中西。这个计划落空，真是天壤间一大憾事。好在张仲谋诸君继起有人，将来一定有真正的名著出现。

比较欣慰的，是我写《清诗流派史》，在方法论上，颇有新意。文学史要体现文学发展的规律，这点已成文学史家的共识。我在力求做好这点的同时，特别有意识以民主政治为目标，从而分析清代各派诗人在皇权高压下的种种心态。民主意识，从黄宗羲《原君》"天下为主君为客"，就可以看出民主意识的觉醒。去年70周年校庆，我为学报写的论文，说明了这一思潮，其来已久，不过是由黄宗羲做个突出的代表而已。这样来运用清代诗人们的各类诗作，资料越多，我却"多财善贾"。因为一线可以穿起满地的散钱（苏轼语）。此一线，即民主政治。如此写文学史，从方法论说，似乎我是第一个吃螃蟹的。也许有人会说，你这不类似汉儒解《诗经》，沈德潜选历代诗，纯从政教角度去定去取吗？不，汉儒说《诗》，强古人从己，牵强附会；沈德潜不选王次回诗，袁枚指责他"诗道不广"。我的方法论从本质上和他们不同，完全是从研究对象的实际出发。清诗所反映的种种心态，正因为我高悬"民主政治"这一目标，对它们才看得更清晰，更深刻。如吴兆骞的"失其本性"，你不会联想到巴金、曹禺他们，经过种种政治运动，一直到"文革"，真以为知识分子有

"原罪"，真是"一无是处"，该像郭沫若那样，把自己的作品全部烧掉。改革开放后，才知道原来自己被愚弄了，"失其本性"了，这才要写《真话集》。沈德潜选的几种别裁集，强调"序人伦，成教化"，适成其为皇权的帮闲，实际是杀人不见血的软刀子。这种御用文人、御用学者，当代层出不穷，为房地产商辩护的经济学家，就是一例。《清诗流派史》正是反其道而行之。澳门大学郝志东教授说得好："只有能够带动政治、经济、社会、科学等发展的学问才是好学问。"愿我们大家以此共勉。

前面我说过，写《清诗流派史》，我没有申请过一分钱的科研经费。正如郝志东教授所说，"没有权力的学者们的研究需要被忽视了。他们只能靠自己的学术良心，自求多福"。我实在也不愿去奔走。我一生坚持不以学术徇利禄，"板凳甘坐十年冷，文章不写半句空"。只是眼看着学术行政化的结果，人民的纳税钱，化为科研经费，不知究竟能出多少真正有价值的科研成果？

谢谢大家！

2011 年 4 月 8 日下午 3：50 写完

谈"公天下"及其他——读书三悟

　　清代乾隆年间的汪中，是大学者、思想家，也是出名的狂生。据洪亮吉《更生斋文甲集》卷四《又书三友人遗事》一文说："汪曾说当时'扬州一府，通者三人，不通者三人'。"建国前我就知道这个故事，但直到现在八十四岁了，才真正理解他的所谓"通"与"不通"。

　　例如照旧的说法，夏商周三代，都是"封建亲戚，以藩屏（王室）"（《左传·僖公二十四年》富辰之言，我改原文的"周"为"王室"），历代都是世袭制，不但天子、诸侯、卿大夫是世袭的，就是士、庶人亦然，所谓"士之子恒为士""工之子恒为工""商之子恒为商""农之子恒为农"（《国语齐语》）。

　　又例如陈涉说："王侯将相，宁有种乎？"（《史记·陈涉世家》）

　　上面两段，我很早就知道（《左传》幼年背诵过，《史记》也早看过），可从来没有把它们联系起来考虑过。直到最近阅读了钱伯城先生的《读〈封建论〉》和《再读〈封建论〉,并解读毛泽东读〈封建论〉诗》,才恍然大悟:陈涉的话,正因为秦已改封建为郡县,贵族不可能世袭,平民也可以成为王侯将相,陈涉这个雇农才会说出这种话来。这种思想,在先秦时代,任何平民的头脑里都不可能产生。这真是"存在决定意识",也是钱先生所说的"制度的革命,导致人们思想观念的变化"。这是我的新悟之一。

但钱先生把刘邦说的"大丈夫当如此也"(《史记·高祖本纪》),和项羽说的"彼可取而代也"(《史记·项羽本纪》),也说成和陈涉一样,是因为"世袭制崩溃,即使是神圣不可侵犯的帝王宝座已不再是一姓一家的私物,有力者皆可取而代之了"。这却不合历史事实。因为秦始皇改封建为郡县,只是取消了诸侯卿大夫的世袭制,并没有废除皇帝的世袭制。自秦迄清,尽管改朝换代,而在每一个王朝中,帝位仍然是世袭的。所以,我认为,刘、项的思想,先秦早就有了:"天命靡常"(《孟子·离娄上》),"天命有德"(《尚书·皋陶谟》),后来史传里常说的"天命不于常,唯有德者居之",就是上两句的综合。尧舜禅让,自然是儒家的美化;夏、商、周的嬗变,所谓"汤武革命",表面上说是"以至仁伐至不仁",实际是"征诛",用武力争夺,所以《尚书·武成》才有"血流漂杵"的记载。

另外,钱先生认为,制度和政权并不一致,如秦的郡县制，是"良法美意"，所以，不但"汉因秦法"，而且直到清朝，也都是实行郡县制，这就是毛泽东的诗所说的"百代都行秦政法"；但是，秦始皇的政权却暴虐其民，以至二世而亡。可见制度好，不能保证政权一定也好。

我则认为制度与政权是一致的。不论封建制还是郡县制，掌握最高权力的都是皇帝。秦之所以改封建为郡县，正是鉴于周朝的春秋、战国时代，诸侯尾大不掉，王室成为赘疣。始皇惩其弊，于是集中权力到皇帝手上，将相只是高级助手，其余文武百官，以至地方上的郡守县令，都是听命于皇帝，皇帝亲操生杀予夺之权。封建制是地方分权，郡县制是中央集权，形式不同，实质一样，就是维护领主和地主的阶级利益。这就无怪在封建制度下有桀、纣，有幽、厉。郡县制的历代，自秦、汉迄明、清，也是创业之主，平徭减赋，劝课农桑，皇帝恭俭率下，衣必重浣，食不兼味；而至其子孙，则骄奢淫逸，横征暴敛，终致农民起义，推翻这旧王朝。但新王朝仍然如此循环，形成黄炎培、张治中、傅作义分别对毛泽东提出的兴亡周期律。

所以，我肯定：制度与政权是一致的。毛泽东也早就指出了：只有民主，才能使新政权跳出兴亡周期圈。

而民主正未易言，苏联为什么崩溃？不必等待哈耶克的预测，陈独秀晚年早已指出：斯大林模式是苏联的集权制度造成的，不改变制度，斯大林政权还会不断地出现。

　　因此，人类社会的"公天下"，柳宗元的《封建论》还没有说到点子上。我们现在可以得出一个结论：先秦的封建制，固然是"私天下"，就是实行郡县制的秦迄清，也还是"私天下"。只有真正的民主政治，把最高权力集中到人民手上，由人民的代表选举最高领导人，而且没有终身制，任期届满就改选，这才是从根子上做到了"公天下"。我幼时即听说民权有四：选举、罢免、创制、复决。还听到权力制衡的种种学说。可见只有主权在民，一切公务员才会真正成为公仆，而不是华君武的漫画：两个精疲力竭的轿夫，抬着一个脑满肠肥的官员，那官员却从轿子窗口伸出头来说："我是公仆。"

　　这是我的新悟之二。

　　以上是我这些"新悟"，除了源自钱伯城先生的两篇关于《封建论》的文章外，还由于资中筠、陈乐民两先生主编的《冷眼向洋：百年风云启示录》（《博览群书》发表了资、陈两先生的《〈冷眼向洋〉修订版序言》和对这套丛书的译介），廖静农先生的《感受美国》，和徐秉君先生的《重新崛起的俄罗斯》对我的启迪。资先生的《20世纪的美国》给我印象最深的，是美国民主政治之所以成功，完全因为人民的民主素质高，加上权力制衡的制度好，官员无法滥用权力。反观中国，民智确实相差悬殊，随便搬用西方民主模式，可能会被某些野心家利用，形成暴民政治。但我想，我们还是应该奋起直追，尽量开发民智，正如从游泳中学游泳，从战争中学战争，千方百计让人们不断进行民主的实践，从而日益提高其民主素质。其实事关切身利害，把民主基本原理讲清楚了，即使文化素质较低的劳动大众，也能顺利地完成各种民主程序。问题倒在于强势群体为了维护既得利益，总是借口"中国人民素质低"，阻挠民主政治的实施。这是值得我们百倍警惕的。

任何政党，任何政府，只要真正"全心全意为人民服务"，一定会获得人民的拥护。因为只有真正的公仆，才能做到"服务"；而做官当老爷的，对人民只是"统治"。据说李慎之晚年最大的心愿是写一部公民教科书，用以提高中国人民的民主素质。我认为，还应该有人写一部公仆教科书。近一段时间，三个县，或者县委书记，或者县长，因为下属批评自己，就动用公安力量加以拘捕，有的县还派人去拘捕《法制日报》女记者。这都是因为这些"县太爷"在其"一亩三分地"内统治惯了，根本不知何谓"公仆"。再不补课，还不知道会闹出多少滥用公权力的笑话来。

只有真正的公仆，才能做到权为民而用，利为民而谋。

廖静农先生的《感受美国》，见于《湖湘论坛》2007年第6期。此文最大特点是，客观、公正，毫无偏见，尽量让事实说话。例如全球卫星790颗，其中美国413颗，俄罗斯87颗，中国34颗。2006年，美国的GDP是132216.85亿美元，中国是26301亿美元，美国是中国的5倍多。美国的

GNP 是 43995 美元，中国是 2001 美元，美国是中国的 22 倍。廖文分析美国的强大原因，是开放、包容、创新，利益至上，追求共赢。认为中国应学习它的重视人才，依法治国，和它实现双赢。

徐秉君先生的《重新崛起的俄罗斯》，见于《对外大传播》2007 年第 12 期。徐文介绍：目前俄国中产阶层人口占全民的 30% 至 40%，自觉属于中产者已过总人口半数。而 1998 年（俄国巨大经济危机时期）只有 3% 的人满意自己的境遇，认为生活最糟者占 59%。2005 年，俄国 GDP 达 7658 亿美元；2006 年，约 8630 亿美元，超过苏联时期的最高水平。徐文说，英国剑桥能源研究联合会 1980 年年初曾预测苏联将于 1990 年年初进入衰退和混乱期，不幸言中。现在它又预测，俄国的 GDP 将分别于 2018 年、2024 年、2027 年和 2028 年超过意、法、英、德。徐先生是解放军 93272 部队政委。苏东剧变后，我国报刊报道多为负面消息，现在看到它的生产已经超过苏联时期，而且正在飞跃前进，人们应该欣慰。

我的"新悟"之三是什么呢？说来真惭愧不已，"自由""平等""博爱"，这也是我读小学时就耳熟能详的，可是只知道是"自由恋爱""人类平等"，诸如此类的肤浅认识。直到最近看了黄万盛先生的《革命不是一种原罪——〈思考法国大革命〉中文本序》（见《人文随笔》2005 夏之卷），才恍然大悟：原来共和国建国初期，政治学习材料上说，资本主义国家两党轮流执政，是虚伪的资产阶级民主，只维护资产阶级利益，是欺骗工农群众的。经过黄文分析，并不是这么一回事。首先，"自由"是指自由竞争。在市场经济中，个人充分发挥自己的才智，尽量创造财富；政治上也是自由竞选，每个成年公民都可以竞选总统。而"平等"则是指社会分配的公平。因为"自由"的结果，必定产生强势群体和弱势群体，如果不用"平等"来调节，那就必然形成强凌弱、富欺贫，最后激发革命。"平等"正是用第二次分配来解决社会贫富差距过大的问题。而这正是由于民主政治的基础是"博爱"。这是对整个社会群体（包括有产者与无产者）的爱。民主政治的成功，就因为它既能充分发挥个人的能动性，又能照顾到社会全面的福利。

经过黄文点明，我才真正了解了两党制。原来在法国，左派强调"平等"，右派强调"自由"；在美国，民主党侧重"平等"，共和党坚持"自由"；在英国，工党突出"平等"，保守党鼓吹"自由"。所谓两党制，其实是互相调节，相辅相成。

而这些，资中筠先生在《20世纪的美国》一书中，已做了更为详细的说明，更为透彻的分析。正如朱尚同先生所介绍的，"美国社会发展有两条线索，一是自由主义中的社会达尔文主义，强调自身竞争，反对政府干预。但如果只有这一条主线，发展下去必将使美国成为弱肉强食的国家，可能引起动乱乃至革命。但美国发展还有另一条主线——即改良主义思想，主张实行福利政策，更倾向于平等，反对垄断"。（《博览群书》2007 年第 10 期）

值得注意的是，北大国际关系学院潘维教授在《环球时报》2008 年 1 月 28 日第 11 版上发表了《要敢与西方展开政治观念竞争》一文，第一部分第 6 段有这么几句话："而美国在制度上排斥第三党，其两个党的政纲看上去比共产党更像一个党，却依然是'真正的'自由民主。"这使我又仿佛回到建国初期在政治学习资料上所看到的。好在看了黄万盛和资中筠诸先生的论著，再也不会轻信了。潘先生是名校教授，竟然说出这样的话，是无知还是偏见？难怪文章一出，《环球时报》在 2 月 5 日、14 日、22 日接连刊发反驳他的文章，如《别发动意识形态大战——与潘维教授商榷》（庞中英）、《不要把自由民主妖魔化——与〈敢与西方展开政治观念竞争〉作者潘维教授商榷》（刘建平）、《别老想象中华文明会被征服》（谭中）。

总结以上"三悟"，人类社会的历史发展轨迹证明由"私天下"而"公天下"，实乃势有必至，理有固然，此即孙中山先生所谓：民主潮流，浩浩荡荡。顺之者存，逆之者亡。

我曾在收到资中筠、陈乐民两先生赠书后，写了一首七律：“教科书正教公民，民智日开政日清。强记赌茶夸赵李，博闻觉世拜资陈。佳人绝代成嘉耦，国士无双现二身。平等自由工说法，欧风美雨已知津。”

恰可为本文总结。

夜见刘峙

　　1949 年上半年，我在吉安私立至善中学任教。那时，国民党政府已由南京迁到广州。淮海会战时，曾任"徐州剿匪总司令"的刘峙也携带家眷逃到广州去，路经吉安，住在马铺前扶园中学。我是扶中第一届初中毕业生，刘峙是挂名的校长，虽然他从未和我们见过面，说起来总算师生关系。至善中学校长陈启昌先生，原是扶中创办时的代校长，这时看见国民党兵败如山倒，想要我去见刘峙，听听他对时局的看法。我当时虽然还没有参加地下党，但几年来思想已经越来越激进。任教遂川县中时，曾因经常在课堂上和课后指责国民党，赞美延安和苏联，一次学潮中，反动当局密谋逮捕我，幸亏学生胡兴郛通知，又得到另一学生欧阳光逊的帮助，才抛弃行李只身逃脱虎口。接着在吉安联立阳明中学任教，由于同样原因，又被校方解聘了。所以现在听到陈老师要我去以学生之礼谒见这位"刘校长"，我就决定不但要听他谈时局，还要劝他学傅作义起义。

记得那是一个风雨交加的夜晚，我和一位吉水姓郭的校友，一道去马铺前扶中求见"刘校长"。刘峙接见了，地点就在大厅。一张长方形会议桌，他坐在下首，背对厅门；他的一伙卫士就坐在厅门两边的厢房里。我和郭则分坐在会议桌的左右，紧靠刘峙。我坐在他左边。因为我从来没见过他，所以谈话时注意看他的模样。他是个大胖子，胖得看不到脖子，下巴和脖子一样粗。他一坐下，就问："你们要谈什么？"说的是吉安话，乡音相当重。我们请他谈谈对时局的看法。他讲了几句冠冕堂皇的话，语调是淡漠的，好像打不起劲头。我故意问："看来吉安也快要被他们占领了，我们该怎样应变呢？"他仍然用淡漠的口吻说："大家团结一致呀……"我直率地说："这太空洞了。请问具体做法是什么？"他没有作声，苦笑了一下。我说："共产党势力越来越大了，难道他们提出的新民主主义真能在中国实现吗？"他突然睁大眼睛，说："他们会这样做的。不但中国，全世界也会这样做。穷人受有钱人的欺负太久了，按天理良心，也要翻过来了。"这倒出乎我们意外，我不由得说："校长，你难道也看了他们的书？"他点点头，说："我自然了解他们那一套。不过——"他沉吟了一下，很快接着说，"他们是不会成功的，中国的问题，还是实行总理的三民主义，才能解决。"我说："国民党搞了几十年，贪污腐败，实行了三民主义吗？"他叹了一口气说："这都是四大家族搞的啰！蒋先生他并不了解民间的实情，民穷财尽，老百姓都恨毒了我们国民党，其实都是四大家族搞的！"我同情地说："难怪兵无斗志，国军老打败仗。"他好像被刺痛了，提高嗓子说："我有什么办法？不行呀，一个营一个团调动，都要用电话向蒋先生请示，由他直接指挥。可是兵贵神速，经过这么一转折，军机往往就错过了，怎么不打败仗呢？"他还说："你以为蒋先生信任我么？他只信任宋家孔家。"我们静静地听他说，眼瞪瞪地望着他。看见他沉默下来，我试探着问："现在国共双方正在进行和谈，大局可能有转机吧？"他摇摇头说："这是幌子，假的，打到这个地步，哪里还谈得成！蒋先生是为了争取时间，好重新部署进攻的军事力量啊。"他又长长地叹了一口气，说："没法子，我只好吃口闲饭，这次回来，就是求个安闲自在。"听到他这些像是发自内心的牢骚话，我认为时机成熟了，便根据自己平时从《群众》《观察》等刊物所学到的时事知识，从政治、经济到军事、外交进行分析，结论是国民党政府非垮不可。我劝他选择走向人民的道路，像傅作义那样起义。

在我这样滔滔不绝地谈话时，激烈的话语惊动了大门两厢的卫队，他们拔出手枪拍在桌子上发出示威的巨响，似乎在等待刘峙的一声令下，就好跳出来抓住我。急得对面坐的郭不断从桌下伸过腿来踢我的腿，示意我不要再说下去。这时，刘峙缓慢而艰难地转过半边脸去，朝右边厢房的卫队说："你们做什么？"然后转回头来对我说："我知道你们年轻人都受了共产党的影响，巴不得他们快些来，但是，你们将来会后悔的。至于说要我走傅作义那条路，那是不行的，我不能对不起蒋先生。"我正要再说，忽然刘峙的如夫人黄佩芬抱着一个全身穿红毛绳衣裤的婴儿，出现在大厅的门口，厉声对刘峙说："你进来嘛，尽跟他们说什么！"黄佩芬原是我们初中的音乐美术老师，吉安社边黄家人，素来说一口纯正的京腔。我和郭刚进来时，曾向刘峙说，要请"黄老师"出来见见，刘峙说她已带小孩睡了。现在看到她那声色俱厉的样子，我们也就不便上去和她叙师生之谊，便站起来向刘峙告辞了。

一出门，郭便一边揩头上的汗水，一边责怪我太冒失，几乎闯下大祸。

回到至善，陈老师和师母唐先生听了我们讲的经过，唐先生也说我胆子太大，陈老师却笑笑，说："不要紧，现在他自顾不暇，哪里还会计较嗣生（我的旧名）一个人。"

过后，我告诉阳明中学任教的刘天锡，他说："你确实冒失。你不想一想，傅作义是杂牌军，和蒋介石一向闹矛盾，加上兵临城下，自然只好起义。刘峙是蒋的嫡系将领，铁心跟蒋走的，你怎么劝得动他？"

但是，我还想借此揭露蒋帮内幕，便写了一首七古，先给住在至善的王泗原老师看了，再托在《前进日报》工作的刘国钟转交有关编辑，请他发表。有关方面怕惹起麻烦，不敢发表。现存录于此，让它面世，这已经是四十三年之后了：

扶园谒刘校长

富贵追随客填门，我亦一纸到平泉。超然荣观将谁尊？结志世变求博闻，遂从将军乞谠言。雨驰屋上风如磬，某左某右欲何云。"河山两戒赤帜轩，此土亦将入其樊，吾属何以策自存？"将军微吁仰面瞒："同心同德即自援。"我黜空言穷其源："实施何从人何抢？"岂唯远谋目所昏，眼前方案已难惮。"当今八路势方燉，倡新民主宁遂蕃？"慨然语我"功必全，不唯中土且人寰。贫富为构贫久冤，天理亦应使之翻"。我闻此语殊适然："公亦云云毋乃谩？"公曰"自知帝其难，疾苦何尝达九阍？政出四家民力殚，坐令吾党丛大怨。伊予总戎敢自专？天王视尔若犬豚，一成一旅亲调繁，戎机坐失三军奔。和平无功万甲屯，独断未肯恤民残。大勇不见皇帝袁，半壁旌旗犹桓桓。献替无路姑素餐，归来但避王事敦。"四座闻之起长叹，我独微辞劝沐熏：自民明威慎勿谖，介子燕市已申恩，赦罪责功罔不安，清者自清浑者浑，请闲三策回南辕。

附　录

论清诗流派　望学术殿堂
——刘世南先生访谈录

郭　丹

　　编者按：刘世南先生，古典文学学者，古籍整理专家，也是突出的自学成才者。1923年10月出生于江西省吉安市，长期任教于中学。"文革"后，任教于江西师范大学文学院。代表作有《清诗流派史》（1995年台北文津出版公司出版繁体竖排本，2004年人民文学出版社出版简体横排本）、《在学术殿堂外》（2003年中国文史出版社出版）、《清文选》（与刘松来教授合作，人民文学出版社即出）、《大螺居诗存》（2004年天马出版有限公司出版），现仍担任江西省《豫章丛书》整理编委会的首席学术顾问。

　　郭丹：刘先生，您的正式学历只是高一肄业，经过多年刻苦自学，终于成为古典文学名家、古籍整理专家，请问，您走上这条自学成才之路，是偶然还是必然？

刘世南：我是一个普通的古典文学教学研究者，也参与古籍整理工作，但不能说已经成名成家。在《在学术殿堂外》一书中，我已说过，在钱锺书、钱仲联诸前辈前，可借用《左传》一句话"克于先大夫无能为役"，我算什么学者呢？

我生于1923年（癸亥）农历九月初六。父亲名兰芳（"芳"是族谱上的排行），字佩，又字纫秋，取自《离骚》"纫秋兰以为佩"。由此小事，可以看出父亲的文化品质和耿介性格。我三岁发蒙，即由父亲教我认字，认了一千多字后，开始读当时新出的国文课本和修身课本，都是用浅近文言编写的。读了好几本后，才开始读古书，第一本是《小学集注》。

父亲二十岁进学（俗称秀才），本已考取去日本留学的官费生，但迫于家庭阻力，没有成行。由于受当时康、梁维新思想影响，我家书房里有很多时务书，如《天演论》《群学肄言》等严译名著，以及《瀛寰志略》《日本国志》及《新民丛报》等。父亲少年时曾师从一位王家"四师老"，此翁专讲理学。父亲受到上述两种思想的影响，所以对我的教育，就与当时一般私塾不同，他不教我读《三字经》《百家姓》《千字文》《幼学琼林》等，而是教我读新的国文课本和修身课本，然后又教我读《小学集注》。此书为南宋朱熹所编，明人陈选作注，收入《四库全书》。我对程朱理学有所了解，即由此书。清人段玉裁、崔述，今人周一良、程千帆幼时都读过。千帆先生下世后，弟子文中曾提到其师很留意门下弟子的书法，说："非欲字好，即此是学。"我一看就知道此语来自《小学集注》，乃明道先生（程颢）之言（见卷六《敬身篇》），足见千帆先生幼时亦读过此书。

父亲教我读古书，教法也和一般塾师不同。他每次点读新书，必定详细讲解，而且时常提问，要我回答，还鼓励我提问。他常说的一句话是："不怕胡说，只怕无说。"因为你胡说，尽管错了，你总动了脑子；无说，那是没用脑子想问题，所以无话可说。他又喜欢说："思之思之，鬼神通之。"可见他总是强调动脑子想问题。

正是在家庭熏陶之下，我不但好学，而且好问，日渐养成凡事问个为什么的习惯。记得高小修身课本上有这么一课：王艮师事王守仁，讲良知之学。一日，有盗至，公亦与之讲良知。盗曰："吾辈良知安在？"公使群盗悉去衣，唯一裤，盗相顾不去。公曰："汝等不去，是有耻也。此心本有，谓之良知。"我当时就问父亲："乡下两三岁的孩子，热天都是一丝不挂，并不害羞，是无耻吗？是没有良知吗？"父亲只是笑，没有解释。这个问题，我后来看了一些社会学的书，知道道德观念其实是后天的，而且随着社会生产力的发展而变化，并非人的本能，孟子和王艮等理学家的观点是唯心的。

读《小学集注》时，有如下一则故事："武王伐纣，伯夷、叔齐扣马而谏，左右欲兵之。太公曰：'此义人也。'扶而去之。武王已平殷乱，天下宗周。伯夷、叔齐耻之，义不食周粟，隐于首阳山，采薇而食之，遂饿而死。"我问父亲："首阳山也是周朝的土地，薇也是周朝的，不食周粟，怎么食周薇呢？"父亲愕然，无以回答。后来，我进吉安市石阳小学读高小，在图书馆看到鲁迅的《故事新编》，其中有一篇《采薇》，说小丙君和他的婢女指责伯夷、叔齐："'普天之下，莫非王土'，你们在吃的薇，难道不是我们圣上的吗？"我吃了一惊：原来这一看法非我独有！长大以后，看《南史》的《明僧绍传》："齐建元元年冬，征为正员郎，称疾不就。其后，帝（齐高帝萧道成）与崔祖思书，令僧绍与（其弟）庆符俱归。帝又曰：'不食周粟而食周薇，古犹发议，在今宁得息谈邪？聊以为笑。'"这才知道鲁迅所写实有根据。但"古犹发议"最初见于何书呢？后来读《昭明文选》中刘孝标的《辩命论》："夷、叔毙淑媛之言。"李善注："《古史考》曰：伯夷、叔齐者，殷之末世孤竹君之二子也。隐于首阳山，采薇而食之。野有妇人谓之曰：'子义不食周粟，此亦周之草木也。'于是饿死。"这才知道"古犹发议"即指此，而且鲁迅就是根据《古史考》这类古小说来写的。

　　我写这两段往事，并非自诩早慧（当时我大概六七岁），而是说明一个教育原理：即使是启蒙幼儿，也应着重智力的开发，绝对不应提倡死记硬背。

　　我之所以能够养成好学深思的习惯，实因父亲教导有方。

如果说我能在古典文学研究方面取得一点成绩，也和这点分不开。至于古籍整理，那更是因为跟随父亲读了十二年古书，基础打得比较扎实，才具备了做好这个工作的前提。

好学深思，根底扎实，持之以恒，乐此不疲，可以说是自学成才的必要条件，也显示出其必然性的一面，

我以一个高一肄业生，能从事古典文学研究和古籍整理，并取得一些成绩，这又和我晚年（五十六岁起）能执教大学有关。大学教师负有教学与科研双重任务，时间、资料都比较充分，信息也灵通。如果根底较好，又好学深思，自然如鱼得水，游刃有余。

执教大学，对于我又有偶然性的一面。没有汪木兰、周劭馨、刘开汶、徐万明、唐满先（他们都是江西师院中文系毕业的，我在高中教书时教过他们）的推荐，没有江西师院中文系几位老先生的支持，没有校、系领导的认同，我一个没有读过大学的人，怎能登上大学的讲坛？

郭丹：您是什么时候想到走自学成才之路的？

刘世南：1941年（抗战第四年），我读完高中一年级后，由于家贫，只能到税务局当税务生，干了三年缮写公文的工作。但我并不消极，因为我看过一本英文杂志，有英汉对照的钱穆自传。他没有上过大学，当小学老师，业余苦学，写出《先秦诸子系年》等学术著作，终于被北大聘为教授。这给我极大鼓励。我想，我读了十二年的古书，基础也许不比

他差，关键就在于能否刻苦，而且持之以恒。他能这样，我为什么不能这样？

父亲有一本《汉学师承记》，我读初中时就经常翻，汪中的事迹令我非常感动。他七岁就死了父亲，家贫不能上私塾，由母亲教他读"四书"。稍微大了点，到书店里当学徒，他遍读群经诸子，过目成诵，终于成为大学者。我平生最佩服他，直到现在，他的形象还常常在激励我。

郭丹：您的家庭与您的自学成才有什么关系？

刘世南：我认为家庭对我自学成才最大的好处是，父亲买了好多书，前四史、《昭明文选》、"十三经"，还有许多诗文集，这已经很难得，尤其可贵的是，大部头的"九通"居然也买了，这在一般读书人家都是少有的。我二十一岁写的《庄子哲学发微》，就是利用《通志》的《艺文略》中有关《庄子》的资料，加上当时对马列主义的认识，用古文写成的。此文曾蒙马一浮先生誉为"独具只眼，诚不易及"，亦蒙杨树达先生称为"发前人之所未发"。没有《艺文略》的资料，我是不可能写出那篇文章的。

我在读小学三年级以前，一直在家跟随父亲涵泳在这一书海中。从小学三年级到六年级毕业，白天上学，晚上仍然读古书。以后我工作了，就买了从《晋书》到《明史》的二十史，武英殿本，从上海廉价买的。还买了清代朴学家们的著作，如《读书杂志》《经义述闻》《经传释词》，以及王筠、朱骏声、桂馥《说文》方面的著作，这都是受家庭的影响。

至于十二年中所读古书，除《小学集注》外，读了"四书"（《大学》《中庸》《论语》《孟子》）、《诗经》《书经》《左传》《纲鉴总论》（这是一部中国通史，夹叙夹议，自盘古开天地到明朝，历朝大事都记载了。读了它，我通晓了封建史家笔底下的几千年的国史大纲）。

有了这个基础，我后来亲自把"十三经"中没背诵的圈读一遍，每天四页，结果，《易》三十五天，《仪礼》四天，《周礼》五十天，《礼记》一百零七天，《公羊》四十七天，《穀梁》三十五天，《孝经》只二十八分钟，《尔雅》二十四天。当然，要真正通，不但得看汉至唐人的《十三经注疏》，还得看《皇清经解》正、续编。在《在学术殿堂外》一书中我说过：搞人文社会科学研究的，你在论文和专著中，要引用经典的本文，你必须熟悉它，否则会出错。研究中国文学和校点古籍，更要熟悉经、史、子、集四部中最根本的书，为此我还开列了一些必读书目。

郭丹：您的《在学术殿堂外》一书出版后，在学术界产生了相当大的反响，已经有了好几篇书评发表。读您的这本书，的确感到先生对学术有一种不计功利的献身精神。请问您是基于怎样的考虑，写这样一本看似与学术无关其实完全是讨论学术研究最根本的一些问题的书？

刘世南：《在学术殿堂外》出版后，是有不少学人表示赞赏和认可，也有几篇书评发表，我感到非常快慰。

有人问，书名为什么叫《在学术殿堂外》？这有两层含义：其一，孔子曾说子路："由也升堂矣，未入于室也。"和钱锺书等学人比，我未曾升堂，只能站在堂外。其二，和制造文化垃圾者，以及嘴尖皮厚腹中空的名流比，我羞与为伍。他们在殿堂内，我自甘站到殿堂外。

现在我回答你的提问。我为什么要写这本书，就因为看到这些年来，"上以利禄劝学术"，使得学人急功近利，学风日益浮躁，从而文化泡沫和垃圾层出不穷，长此下去，简直要断送学术研究的前途。所以，我要大声疾呼："勿以学术徇利禄！"

但是，我也自知人微言轻，螳臂挡不住物欲的狂潮，曾作《自嘲》一首："市场文化正嚣尘，流水高山孰识真？辛苦神州吉诃德，风车作战枉劳神。"

郭丹：大家都以为，目前学术界存在着浮躁心理，影响着学术研究的正常进行和健康发展。对此，您有什么看法？

刘世南：学术研究是一种严肃的工作，它须有一个伟大的目标。以人文科学而论，从事研究的人必须认识到，自己是在继承传统的基础上，大力弘扬民族文化，并不断创新，从而与世界文化接轨。

我平生最喜欢诸葛亮《诫子书》中这几句话："夫才须学也，学须静也。非学无以广才，非静无以成学。"静，不仅指读书环境幽静，更主要的是内心的宁静，即不受名利干扰。一切学术腐败行为都源自其人的心态浮躁，急功近利。他从事科研，只为一己名利。我并不矫情，唱"忘怀得失"的高调，但我从来切记孔子这句话："声闻过情，君子耻之。"有其实然后有其名，这种名使人心安理得。名并非坏事，否则孔子为什么说"君子疾没世而名不称焉"？至于个人出名，那有什么，一个学人能否留名后世，全看他的著作。陶渊明和杜甫，生前并不很出名。陶被钟嵘《诗品》置之中品，杜甫则被"群儿谤伤"。他们出大名，是在北宋以后。白居易《与元九书》："如近岁韦苏州（韦应物）歌行，才丽之外，颇近兴讽，其五言诗，又高雅闲淡，自成一家之体，今之秉笔者，谁能及之？然当苏州在时，人亦未甚爱重，必待身后，然后人贵之。"世事往往如此。你看《汉书·扬雄传》末尾，桓谭已说明这个道理："凡人贱近而贵远，亲见扬子云禄位容貌不能动人，故轻其书。"我已八十进二，来日无几，浮名于我何有哉？我平日的座右铭是"High thinking, plain life"。我写《清诗流派史》，是为了探索清代士大夫的民主意识的成因；而写《在学术殿堂外》，则是反映现代或当代知识分子对民主和法治的追求。

郭丹：您非常强调治学重在打基础，现在电脑这样发达，还要下苦工夫去背诵古书吗？

刘世南：我休息时，喜欢看中央电视台 11 频道的戏曲片，也爱看运动员比赛的节目，兴趣不在看表演，而是看他们在教练指导下勤学苦练，所谓"台上一分钟，台下十年功"。刘翔他们夺得金牌都是从汗水甚至血水中泡出来的。搞人文科学，尤其搞古典文学、文献学的，怎么可以不读元典？我在《在学术殿堂外》中列举了一些知名学者的千虑一失，正是用以说明他们所以出错，全因某些方面的根底尚欠深厚。我在第七章以一位青年学人为例，意在说明凡从事人文学科研究的，你既要引经据典，就必须正确理解并熟悉元典。2004 年2 月 12 日《南方周末》观点版《国内经济学者要重视经济学文献》一文，引了杨小凯先生的话："现在国内大多数人没读够文献，只是从很少几个杂志上引用文章，不要说拿诺贝尔奖，就是拿到国际上交稿子，人家都会很看不起。中国现在 99% 的经济学文章拿到外国来发表，都会因为对文献不熟被杀掉。当然有些东西国内看不到，但也有的是根本不去读。中国人总是别人的东西还没看完，自己就要创新。"他说的是经济学，可古典文学、文献学不也是这样吗？

　　你说电脑可以代替背诵，不，学问根底差，电脑也帮不了你的忙。侯外庐《中国早期启蒙思想史》引汪中的原文，犯下几个错误（见《在学术殿堂外》第 16 页），就因为不知出处，不知道去查《荀子引得》和《十三经索引》。同样，电脑也帮不了他。余英时还没电脑吗？可他就是没查到"弦箭"的出处（见《在学术殿堂外》第 29 页）。

　　我在《在学术殿堂外》中，对打好基础这点，特别强调，因为我一生治学的深刻体会就是这个。我们不总是说要"推陈出新"吗？你不继承传统文化中的元典，就谈不上批判地接受，更谈不上在它的基础上去发展，去创新。这个道理是前人从事研究工作的经验总结。我从三岁识字，五岁读书，直到现在，仍然日坐书城。我严格要求自己：一定要"日知其所亡（无）"。我发现，熟，才能贯通。古人读书，讲究"通"。称赞某人"淹贯""该通"。"淹""该"指读书广博，"贯""通"则指读通了。汪中曾大言：当时扬州只有三个半通人。什么叫"通"？书读得多，不算通。要像汪中的《释三九》，王氏父（念孙）子（引之）的《读书杂志》《经义述闻》，那才叫"通"。读书不通的是只见树，不见林。但如根本不读书，特别是打基础的书，那你还研究什么？当然，只打基础，却不博览，所得结论一定片面，也是不行的。

　　再强调一句，根底一定要打扎实，只有这样，才不会出大错。什么叫大错？有一位学者在论析欧阳修的《读李翱文》时，对"又怪神尧以一旅取天下"的"神尧"，解为唐尧，即尧舜之尧。不知"神尧"是唐高祖李渊的谥号，新旧《唐书》《资治通鉴》都记载明显。你偶尔未注意，情有可原；但是，《史记·五帝本纪》写得很清楚：帝喾生挚及放勋，帝喾崩，挚立，不善，弟放勋立，是为帝尧。他并非以武力夺取帝位的，怎么会"以一旅取天下"？尧舜禅让，汤武征诛，旧社会发了蒙的儿童也知道。我们研究古典文学的学者，不应该出这种大错。

郭丹：您的《清诗流派史》在台北和大陆出版后，得到了很高的评价，被称为 20 世纪清诗研究的"经典性成果"之一。您为什么要用十五年时间来写这部书？它的意义何在？

刘世南：写这部书用了十五年时间，既有客观原因，也有主观原因。

客观原因是，这十五年是从 1979 年算起，到我彻底退休的 1992 年，一共十三年。这段时间，我有教学任务，还要参加其他社会活动，后两年全退了，才能全力以赴去完成，时间自然要长。另外，清诗资料特多，当时钱仲联先生主编的《清诗纪事》未出，全靠自己去爬梳整理，研究分析，非常需要时间。

主观原因是，我坚持不以学术徇利禄，一门心思只考虑如何把它写好，根本不把它和评职称、评奖、特殊津贴之类挂钩，自然不会去赶任务，从而粗制滥造，剽窃因袭。

关于这部书的意义，我动笔之先，考虑了两个问题：（一）我为什么要写这部断代文体史？（二）读者为什么要读它？

对（一）的答案是，清代二百六十八年，诗人约九千五百余人，诗集约七千种，这是客观存在，我们必须总结这笔文化遗产，从而认识昨天。从我的著作动机来说，我特别想探索这一离我们最近的时代，看当时士大夫的灵魂，怎样在封建专制的高压下，痛苦，呻吟，挣扎，或转为麻木，或走向清醒，又是怎样从西方获得民权、自由、平等诸观念，从而产生民主意识，把目光从圣君贤相身上转移到广大的平民百姓身上来。

对（二）的答案是，读者所以要学习文学史，除了吸取进步的思想养料外，还需要学习那些作者的创作经验，领会他们的纷繁的风格，从而提高自己的审美能力与创作技巧。

郭丹：您是怎样撰写《清诗流派史》的？

刘世南：首先，要确定著什么书。我是按照顾炎武的原则："前所未有，后不可无。"根据这个原则，我想到应该写一部清诗史（那时朱则杰教授的《清诗史》还没有出版）。

其次，当我尽力搜求清人诗集，细加研究时，我发现，清诗和前此诸朝诗不同，流派特别多（这是因为它拥有了自先秦至明朝的十分丰富的诗歌遗产）。于是我决定编写一部清诗流派史。

方法是，分流派做卡片。各派的代表人物，他们的身世、生活、师友、诗学渊源、社会思潮的影响、时代审美观的影响、本人的思想特色、其诗歌的艺术特色、思想和艺术前后期有没有变化、和其他流派的关系。要做好这些卡片，很不容易，不但要熟悉他本人的一切，还要了解他人（包括同时人和后代人）对其诗作的评论。

那时候，"重写文学史"的讨论十分热烈，一致反对旧的写法，认为那只是作家作品汇编。我经过琢磨，广泛搜阅中外种种文学史，只要找得到的，无不细读，终于认识到：（一）必须按照研究对象（在我是清诗）本身的特点来叙述和评论；（二）文学史上主要是反映文学发展规律，即从已然（作家、作品）探索出其所以然（为什么这时代会出现这派作家，创作出这类作品）。

以后，我就是按这些原则来编写的。

郭丹：您认为目前清诗研究的状况如何？还有哪些工作应做？

刘世南：清诗研究状况，有资格谈的是浙江大学国际文化学院的朱则杰教授。他最早写出了《清诗史》，开创之作，厥功至伟。同时，他又立下宏愿，要编纂《全清诗》，因而结识了海内外许多清诗研究专家。最近，他又竞标接了国家课题《清史》内《文学志·诗词篇》这个项目，正文约二十万字，资料长编及考异约六十万字。这使他更具有开阔的视野。其次是徐州师大的张仲谋教授，他那篇《二十世纪清诗研究的历史回顾》，不但综述了百年来的清诗研究情况，而且提出了今后研究的课题。所以，朱、张二人是介绍清诗研究状况的最佳人选。

我概括仲谋先生所提出的今后清诗研究的课题共有八点：(1) 清诗内涵的近代性；(2) 作品研究；(3) 诗歌特色；(4) 清诗的逻辑发展；(5) 学风与诗风的关系；(6) 士人心态与诗学

变迁；(7) 地域文化与诗歌流派；(8) 大家名家诗歌研究。这些课题我完全赞成。

至于我本人，主要在考虑如何用新观念、新方法来研究清诗，像早年郑振铎、闻一多两先生用文化人类学方法研究古典文学一样。我想把西方所有新方法都拿来试一试，像叶嘉莹那样。因此，我不断地在钻研西方现当代批评理论家的"自选集"，如"知识分子图书馆"的十八册。

另外，我最大的希望是国内外一切清诗研究者，都能成为益友，信息互通有无，观点互相切磋。"功成在子何殊我"（放翁句），"君有奇才我不贫"（板桥句），大家以学术为天下之公器，破除门户之见。

郭丹：您和刘松来教授合作的《清文选》，即将在人民文学出版社出版，请问，清代的散文有什么特点？

刘世南：《清史稿·文苑传论》说："清代学术，超汉越宋，论者至欲特立'清学'之名。而文、学并重，亦足于汉、唐、宋、明以外，别树一宗。"所谓"文、学并重"，正如清诗的特点是学人之诗与诗人之诗的统一，清人的文，也是文与学的统一。但不同时代、不同作者，又有畸轻畸重的不同，如朴学家、理学家之文偏于"学"，较质实；文人之文偏于"文"，较绮丽。约而言之，其特点有四：(1) 文化积淀深厚，学术化倾向明显；(2) 风格多样，而流派单一；(3) 有些文章理性有余，灵性不足；(4) 注重经世致用，轻视审美情趣。这四点的形成，和清代学风密切相关。清初学风强调博学多识、经世致用，这是对明人空疏不学、游谈无根这一颓风的反拨。后因文网日密，转为脱离现实的考据训诂。自道、咸后，国门被迫打开，欧风东渐，逐渐输入了较封建社会更先进的世界观、价值观，和自成体系的哲理、政教，尤其是新的美学方法论。这些都必然深刻影响到文人的创作。

从形式看，清文的雅与俗是非常明显的，但基本上是由古雅而逐渐变为通俗。所以五四时期的白话文运动绝非无源之水，而是有来源的。

清文又是集大成的。桐城派的姚鼐提出其古文创作原则：考证、义理、词章三者统一。这就是集大成：考证，是对汉学的继承；义理，是对宋学的继承；词章，是对《文选》派和唐宋派古文的继承。清文就在这基础上，根据社会的现实需要和时代的审美要求，大力发展，形成自己的特色，

郭丹：您的旧诗也写得很好，吕叔湘先生称您"古风当行出色"，程千帆先生也说您的七古"苍劲斩截，似翁石洲"，庞石帚先生称您的诗"颇为清奇，是不肯走庸熟蹊径的"，朱东润先生也称您所作"深入宋人堂奥，锤字炼句，迥不犹人"。现在，您的《大螺居诗存》也出版了，获得更多学人的称赞。请问，您是如何学习写作旧体诗的？词章之学与学术研究有矛盾吗？

刘世南：词章之学和学术研究不但没有矛盾，而且相辅

相成，相得益彰。从近代的李详（审言）、林纾（琴南）、王国维、章炳麟（太炎）、黄侃，到现代的胡适、鲁迅、朱自清、俞平伯、闻一多，谁不是学者而兼诗人？所以，钱仲联、程千帆两先生谈治学，都强调古典文学研究者应该会创作，这样，分析古人作品时，才不会隔靴搔痒，拾人牙慧。我在《在学术殿堂外》第六章"怎样培养中国古典文学的研究人才"中，提出了七点措施，其第六点就是"要学会写古文、骈文、旧诗和词"。其中谈到，几十年的旧诗写作，对我分析评断清诗各派的特色，有不可估量的作用。

至于如何学习写作诗词，说来好笑，我父亲只教我读古书、写古文，从不教我读诗、写诗。可我从小就喜欢诗，于是我只有自己摸索。家里有《昭明文选》和《古唐诗合解》，还有很多诗集，我就不断地读，《文选》的诗我全部背诵了（直到前几年我还在夏天黎明时的立交桥灯光下温习这些诗），唐诗也读了不少。年轻时爱读龚自珍的诗，也爱南社人学龚的诗，尤其苏曼殊的七绝。慢慢地自己也学着涂抹几句。我懂平仄根本不是从音韵学原理学到的，而是古人的近体诗读多了，渐渐辨清哪个字是平声，哪个字是仄声，哪个字可平可仄。四声本是口耳相传之学，我却目治而得。这也有个好处，就是读得多，词汇、句式、典故，越来越熟悉了，越来越会运用了。

归根结底，还是要读得多。我在给我的学生杜华平教授的一封信中说："吾少嗜定公（龚自珍）诗，雄奇而未免粗犷，后救之以放翁（陆游）之清疏，频伽（郭麐，有《灵芬馆诗集》）之圆利，又恐其流为随园弟子之轻佻，乃折入西江派以至散原（陈三立），其终乃同于南皮（张之洞）标举之'唐肌宋骨'。"这是就我平生学诗的大概而言，实际上我所涉猎的很多，历朝总集、别集大都翻阅过，不过非性之所近者，则略加披览而已。

最近，周劭馨、汪木兰两位贤弟硬要为我出版诗集。我一向重视自己的学术研究，而忽视自己的诗古文，所以不同意。但他们的盛情难却，最后只好妥协，自己选了若干首，请杜华平贤弟审订。书名《大螺居诗存》，只一百二十四首，因为很多旧作都在"文革"中被毁了，这些都是从新时期以来所写者挑出来的，

要说怎么写，只能提出我对自己的要求：词必典雅，句必劲峭，章必完备，音必圆润。总之，要做到"唐肌宋骨"。当然，这是很高的境界，就我来说，也只是向往而已。

郭丹：谢谢您接受我的采访。

（刊于《文艺研究》2005 年第 6 期）

读书的法门　治学的境界
——读刘世南先生《在学术殿堂外》

郭　丹

　　业师刘世南先生将他一生治学的体会以及多年来指谬匡正的文章，集结为一书，名曰《在学术殿堂外》。先生名其书曰"在学术殿堂外"，似乎是无关学术宏旨，其实，先生书中所言，句句皆学术中事，无一非关学术耳。归纳起来，先生于书中所述，主要是三大部分：一是从先生自己几十年的治学体会谈如何打好基础、培养中国古典文学的研究人才；二是将他多年来对学术研究、古籍整理匡谬正俗的文章加以结集；三是披露了先生多年来与钱锺书等学者学术交往的情况，由此亦见先生的学术功力和学术襟怀。我因为帮忙整理和电脑输入的原因，得以先睹为快。拜读业师大作，犹如又回到当年受业之时，耳提面命，言犹在耳。

　　记得研究生刚入学时，先生便一再强调打基础的重要性。其时我因已在高校教过几年古典文学，自恃似还有一点基础，对先生之谆谆教诲并不在心。大概先生看出我的心思，又说，他曾经同朱东润先生交谈过，朱先生说，现在大学里有的年轻教师，就凭着北大编的文学史参考资料和他主编的作品选给学生上课，这怎能教好书呢？后来，先生告诉我们，说他年轻时会背《诗经》，甚至《左传》，我真是不胜惊讶。如果说会背《诗经》尚且不奇怪的话，能背《左传》这样的巨著，谈何容易！然而，后来先生给我们上《左传》专题课，从先生对《左传》的熟悉程度，我才领会先生诚非虚言。先生没有上过大学，但从少年起就跟着曾为清代秀才的父亲读了十二年的古书，熟读了《小学集注》《大学》《中庸》《论语》《孟子》《诗经》《书经》《左传》《纲鉴总论》等古书，而且"全部背诵"！其实不止这些，先生对"十三经"，对《文选》，对《庄子》，对史籍，对词章学，都下过很深的工夫。现在的中青年学者，有几个人下过这样的工夫？前几年，先生在给我的信中曾感叹说，我们现在谈的许多看法、发的感慨，其实古人全都说过。我想，正因先生熟读了古人之书，才有话都被古人说完的感叹。就像清人赵翼说的："古来佳句本无多，苦恨前人已说过。"不但诗如此，文亦如此，理亦如此。而似吾辈读书不多者，一有所论，即沾沾自喜，殊不知古人早已有之。所以，真正能做到"发前人之所未发"，并不是一件容易的事。先生从来是手不释卷的。记得当年我们师徒常一起徜徉于校园之中，先生除了谈读书，别无他辞。先生平生无任何嗜好，唯以坐拥书城读书为乐。我研究生毕业之后，有好几年，先生都是在除夕下午给我写信。记得有一次信上说：
"现在是除夕下午近4点钟，图书馆阅览厅里只有我和张馆长
两人；张馆长亲自值班，坐在阅览厅陪我，等我读书读到4
点关门，现在正看着我微笑。"所以，先生在《清诗流派史》
书后诗云："忆昔每岁除，书城犹弄翰。万家庆团圞，独坐一
笑粲。"实乃真实写照。

　　先生对于古典文学研究，强调打下坚实的基础，在广博
的基础上力求专精。先生是既博且精的。拜读先生纠谬匡正
的文章，首先是叹佩先生学识的广博。因为读书广，而且不
是泛泛涉猎，所以一看别人的文章或点校的古籍，很容易就
可发现错误。现在的古典文学研究者，包括自己在内，又究
竟读过多少书呢？先生"刊谬难穷时有作"一句所指出的错
误，主要原因就在于读书不多所致。自己现在也在指导研究
生，并时时告诫他们要广读精读以至背诵原著，然而青年学
生最不肯下苦功的就是读原著，尤不屑于背诵，只是热衷于
看别人的论著，拼凑自己的观点。如此，何以能成为真正的
学问家？至于说专精，只要看先生的《清诗流派史》就可以
知道。先生自己说"卡片漫盈箱，有得逾美膳。心劳丨四载，
书成瘁笔砚""自我肺腑出，未尝只字篡"（该书《后记》自
著诗）。先生精研清诗十五年（从积累来说远不止十五年），
竭泽而渔，殚精竭虑，才完成这样一部"前所未有，后不可
无"（顾炎武语）的巨著，被称为传世经典之作，也是理所当

然的了。而且，这种耐得住清苦寂寞、"不以学术徇利禄"的精神，又哪是当前浮躁学风所能比拟的？

从 1979 年开始，先生就对郭沫若、毛泽东，以及包括一些学术大家在内的学者的学术错误或学术观点进行批评商榷。这显示了先生的深厚学殖，也表现了先生"当仁不让师"的学术勇气。郭老的《李白与杜甫》一书出版后，是有很多人并不赞同的，但鉴于"文革"时的气候，即使人有腹诽，也不敢公开发表异议。1979 年刚刚拨乱反正，先生对郭老《李白与杜甫》一书进行批评的文章确有振聋发聩的作用。而《关于宋诗的评价问题》一文，明确地说毛泽东同志《给陈毅同志谈诗的一封信》对宋诗的否定是不符合事实的，这在八十年代初引起很大反响，也是势在必然。先生这两篇文章，完全建立在充分说理的基础之上，立论有据，"极有理致"（程千帆先生语）。读先生匡谬正俗的文章，首先是钦佩先生知识的广博，学术眼光的犀利。先生纠谬，不但指出错误，而且征引大量的文献资料说明错在哪里，使人心服口服。其次亦深深感到学术研究之事，何可一丝一毫掉以轻心，非极其严谨不可从事。记得当年受业之初，拜读先生《谈古文的标点、注释和翻译》一文，心常戒惕；后来又常读到先生对古籍整理的指谬文章，更深感古籍整理研究的不易。当今学风浮躁，许多古籍整理的东西不少是仓促上阵，又为功利目的所驱使，率尔操觚，出错乃不足为奇。可先生指谬的对象，有不少是知名学人，应该说学术功底都是不错的。然而只要一不小心便要出错，甚至贻笑方家。先生说："注释不是依靠工具书就能做好的，关键在于读书。也就是说，根柢必须深厚、扎实。否则必然是盲人扪象，郢书燕说。"此说可谓至理名言，足为我辈后学引为龟鉴。

先生治学的另一个经验，就是多与学术大师请益和对话。先生善读书，善发现问题。一发现问题，便向一些知名学者请教，从年轻时起就是如此。先生与马一浮、杨树达、王泗原、马叙伦、庞石帚、钱锺书、吕叔湘、朱东润、程千帆、屈守元、白敦仁等学者都有论学或诗作信函往来。与学者高人对话，可以得到很多教益和启发，这是一个方面。另一方面是，对话总是建立在一个基本差不多的平台上。与学者大师对话，是必须具备相应的水平的。可以看到，不管是对话，还是切磋，学者们对于先生的见解都是相当钦佩的。像杨树达先生称赞他二十四岁写的《庄子哲学发微》是"发前人之所未发"；钱锺书先生称他的匡谬正俗文章"学富功深""指摘时弊，精密确当，有发聋振聩之用"；屈守元先生称其《清诗流派史》"既扎实又流畅，材料丰富，复有断制，诚佳作也"，并作诗说"卓见显才识""摩诃有高论"，甚至称"有幸读君书，竟欲焚吾砚"：皆非泛泛溢美之词。学术就在这样的交流、讨论、切磋中长进。"平生风义兼师友"，增进学术共有时。先生谈的何止是师友情谊，其实是治学的一个重要方法。

先生谈到他对培养古典文学研究人才的七点意见，我认为非常值得后辈学人记取。打好根柢、博览群书，这是培养古典文学研究人才最基本的两条。看到这些意见，或许有的人会认为先生是一位守旧的学究。此实大谬不然。先生旧学根底扎实，但从不排斥新学，反而很注意吸收新东西。这一点，由先生从年轻时起就广泛阅读英语著作可以看出。二十世纪八十年代初、中期，新理论、新方法风起云涌，好不热闹。对此，先生同样很认真地关注过，亦试图一试。然而，先生不久就发现，新方法并不能解决问题。尤其是有的人没有读过多少古书，仅凭一点所谓理论上的"创新"，便欲在古代文学研究的海洋中弄潮，终未免是隔靴搔痒，或比附牵合，甚至保不住要出错。所以，没有扎实的根底，徒然变换一些理论和方法，只是"空手道"而已，是为先生所不取。对此，先生常深怀感慨。现在不少学者提倡回归本体，精读原典，与先生所倡，正不谋而合。先生认为，即使进入电脑时代，也不能完全代替读书打基础。这是有道理的。诚如先生在批评有人对"落霞与孤鹜齐飞，秋水共长天一色"两句的误解时，不但指出王勃套用了庾信的《华林园马射赋》，而且举了宋王观国《学林》、宋王楙《野客丛书》、晚清周寿昌《思益堂日札》、刘勰《文心雕龙》、欧阳修《昼锦堂记》等古籍加以论证。如果不是博闻强记，就未必能如此举证。古典文学研究，最忌单文孤证。先生如此征引，宏富有力，令人信服。这就是真正的学问！所以先生曾一再强调，做研究必须力求把资料搜罗齐备，才好动手。此外，先生还主张古典文学研究者要学会写古文、骈文、旧体诗词。先生的旧体诗词、古文和骈文都是做得很好的。吕叔湘先生称他"古风当行出色"；庞石帚先生称其诗"颇为清奇""不肯走庸熟蹊径"；朱东润先生称其诗"深入宋人堂奥，捶字炼句，迥不犹人"。记得当年我们与先生以及另一位导师刘方元先生（钱基博先生门弟子）一起出外访学，方元先生是每日作诗一首，世南先生虽不每日作，却也诗兴浓郁，佳作不断。两位先生的诗作好之后，都让我们一起评读。在火车上，世南先生还总爱出对子让我们对。记得世南先生出"谦谦君子"，我们对"好好先生"；先生出"重耳"（晋文公名），我们则语塞。这样，一路上既长了知识，又增添了不少乐趣。我想起陈寅恪先生曾说作对子是最好的训练。世南先生此举，实在是用心良苦。至于古文，读一读先生的《哀汪生文》，就可以略知一二了。总之，我认为先生与许多前辈学者都说得极是，作为一个古代文学研究者，自己不会作古诗词、文言文，没有感性体会，对于古人的诗文研究，总归隔着一层。惭愧的是，辞章之事，我至今未得入门，思之常感汗颜。

先生已是八十高龄的人了，仍孜孜不倦在读书写文章，而且还兼着《豫章丛书》首席学术顾问之职，实可谓老骥伏

枥，壮心不已。先生的大作，是可以常置于案头的，常读常
新，使人戒惕，启人心智。我把先生的手稿给研究生们都看
了，希望他们能记住先生的教诲，薪火相传，把前辈学者的
好学风传下去，发扬光大。

祝愿先生健康长寿，为学术做出更大贡献。

2004 年 7 月 8 日

附记：刘世南老师写完《在学术殿堂外》之后，即将手
稿寄给我。此文本即是我读完《在学术殿堂外》手稿后的一
点体会，并寄给刘老师参阅。后来刘老师大著出版时，却执
意要以这肤浅的体会作为其大著的序言。不敏小子，余何敢
当！然世南师举了许多学生给老师的著作为序的例子加以勉
励，余力辞不成，乃冠于《在学术殿堂外》大著的前面，忝
为之序而已。《在学术殿堂外》一书于 2003 年 4 月由中国文
史出版社出版，该书出版后，得到了很高的评价。

世南先生与我

刘松来

　　在中 80 任课的所有教师当中，给同学留下最深印象的恐怕非刘世南先生莫属。且不说他那渊博的学识、侃侃而谈的儒雅风范曾使无数学子如沐春风、啧啧赞叹，单凭每周不定期指定学生到他家中去背诵古诗文这一独特做法，就足以给莘莘学子烙下终身难忘的印记，以至于三十多年过后的今天，不少同学还能对当年背诵《洛神赋》《芜城赋》《哀江南赋》的情景记忆犹新，历历在目。

　　四年大学生涯能亲聆世南先生授课，已属幸事；而在此后的几十年一直能够追随先生，接受他的耳提面命，更是幸中之幸！就此而言，我确实可以说是中 80 所有同学中的幸运儿。从 1981 年至今，正是在先生的督促和指导下，我从一个懵懂无知的学子，逐渐成长为一名还算称职的大学教授。几十年的风风雨雨，早已使我们超越师生关系而情同父子。如今，已是九十二岁高龄的世南先生仍然精神矍铄，笔耕不辍。我想，这对中 80 同学来说，应该是莫大的幸福与鞭策。在毕业 30 周年聚会之际，我最想与同学分享的就是对先生的感激之情，权以旧作一诗一文聊表此情于万一。

永葆年轻心态

——刘世南先生印象

文学院九十一岁的退休教授刘世南先生学识之渊博、学养之深厚，早已是不争的事实。身为先生的弟子，我常会自觉或不自觉地思索：是什么造就了先生如此深厚的学养？是什么促成先生耄耋之年学术生命力如此顽强？在诸多答案中，永葆年轻心态或许才是其中的奥妙所在。

只要稍加留意便可发现，先生平日结交的多为青年学子。这其实正是先生心态年轻的外部表征。最近几年，先生曾多次在公开场合引用东晋名士支道林爱马的典故。道林爱马，是因为马的神骏能激发其旺盛的生命力；先生热衷于结交青年学子，同样是希望借此永葆年轻心态。

因为心态年轻，先生始终保持一种老而好学的可贵精神。倘若不是亲眼所见，人们可能难以相信，一个九十一岁的耄耋老人还有如此高涨的学习热情。一年三百六十五天，先生绝大多数时间都泡在图书馆中，读书已经成为他人生的最大乐趣！从图书馆内那些经先生之手圈点过的书籍中，人们可以发现他读书的范围十分广泛，政治、哲学、历史、文学……几乎无所不包。先生读书已经完全超越当下盛行、吾辈难以免俗的那种为"稻粱谋"的功利性，而纯粹出自一种生命的本能！正是由于超越了功利而出自性情，先生笔下的文字才会至诚至真，才可能获致恒久的生命力！

　　因为心态年轻，先生始终保持一种足够的学术自信。尽管生逢乱世，无缘接受正规的大学教育，至退休时也只得到一个副教授的头衔，但数十年间，先生的学术自信从未因此而丧失一丁点！正因为有了这种学术自信，先生才可以做到坦然地与钱锺书、吕叔湘、朱东润等学术大师平等交往，可以底气十足地刊正郭沫若、侯外庐等学术泰斗论著中的谬误。也正因为有了这种舍我其谁的学术自信，先生才确信自己的《清诗流派史》等著述可以垂传后世，嘉惠学林。

　　因为心态年轻，先生始终保持一种高度的学术敏感。近几年来，从高校到科研机构，由量化科研成果带来的学术泡沫化现象日益严重。这种学术泡沫化有可能从根本上消解学术原创性，从而导致学术生命力的枯竭。对此，先生忧心忡忡，不但奋笔疾书，写出了影响颇大的《在学术殿堂外》以警醒世人，而且以耄耋之年四处奔走呼号，先后到浙江、福建、江西的一些高校发表演说，希望借此引起学界的重视与反思。在先生的此类著述和演说中，人们丝毫感觉不到年迈者的心平气和，相反只能读出年轻人才有的热情与愤激。

一直无法忘怀，先生曾经不经意间对亲朋流露过这样的人生愿望：但愿有朝一日能够老死在书桌前。每每念及此言，身为弟子的我总会热泪盈眶，血脉偾张，心中不由自主地涌起一股悲壮——马革裹尸，战死沙场的悲壮！我想，这种永葆年轻心态、献身学术、死而后已的情怀，或许将是先生留给后人最宝贵的精神财富！

世南先生九秩感怀

先生于学务旁求，道义文章揖胜流。

坐拥皋比酬夙愿，名山著述未曾休。

附刘世南先生近作一首：

夜话赠松来

松来夜访，剧谈钱锺书君艰难自保之苦衷，牖我良多。于以征松来识解之轶群，吾二人相师之谊，切磋之功，弥可珍也。中夜枕上遂占长句，仿佛槐聚体云。诗成，已黎明前四点卅分矣。

桴乘①豹隐②两难为，处士虚声泣路歧。

性命苟全簪笔③际，公卿交荐④洗兵⑤时。

诗遗正气⑥谁能解，剑走偏锋我⑦自知。

仁义侯门国同窃⑧，先生白尽鬓边丝。

　　　　　　　　　刘世南 2014 年 8 月 1 日于大螺居

①"道不行，乘桴浮于海。"（《论语·公冶长》）

②豹隐：比喻隐居山林。典出刘向《列女传》。

③簪笔：指文学侍从待诏。典出《汉书·赵充国传》。

④公卿交荐：指乔冠华、胡乔木等人力荐钱锺书任《毛选》英文翻译。

⑤武王伐纣，天大雨，诸侯气沮，太公曰："此天洗兵也！"1949 年建国之初，海内喁喁望治，皆谓以至仁伐至不仁。钱先生际此时，亦同此心。

⑥指钱锺书《宋诗选注》不选文天祥《正气歌》，其含义亦犹欧洲"为艺术而艺术"学派之反封建，盖另一"为人生"手法。

⑦剑：斗争武器；我：指钱先生。

⑧"窃国者侯。诸侯之门而仁义存焉。"（《庄子·胠箧》）

治学的境界　人格的风范
——记刘世南先生

郭　丹

　　我是1984年考入江西师范大学中文系读研究生的，专业是先秦两汉文学，导师是刘方元先生和刘世南先生。刘方元先生1944年毕业于蓝田的国立师范学院，钱基博、骆鸿凯先生等都是他的老师。当时这个方向只有我和刘松来君二人，系里却配了两位老先生作为导师，足见中文系对这个专业的重视。记得入学不久，两位导师都曾到宿舍来看望我们。第一印象是他们都是慈祥的长者。可能当时和刘世南先生交谈得更多一些，很快我就发觉刘老师不但是慈祥的长者，更是一位学殖渊深的学者。

　　研究生刚入学时，先生便一再强调打基础的重要性。大概先生知道我在高校教了几年书，特别告诉我说，他曾经同朱东润先生交谈过，朱先生说，现在大学里有的年轻教师，就凭着北大编的文学史参考资料和他主编的作品选给学生上课，这是不行的，以这样的基础来教大学生，是要误人子弟的。1987 年 3 月份，我和刘老师一起到复旦大学去拜访朱东润先生，朱先生还谈到此事。所以，刘先生一再告诫我们，研治古代文学，一定要有牢靠的基础。打基础，博览和多读原著是最重要的。刘先生曾拿过一张报道他的《南昌晚报》给我看，上面介绍说他从少年起就跟着曾为清朝秀才的父亲读了十二年的古书，熟读了《小学集注》《大学》《中庸》《论语》《孟子》《诗经》《书经》《左传》《纲鉴总论》等古书，而且"全部背诵"！我们的确不胜惊讶！后来我们听先生的课，发现他讲《诗经》《左传》以及其他典籍，几乎是信手拈来，全然不用查找。（当时给我们上音韵学的余心乐先生也是如此，他是黄侃的学生，这说明老一辈的学者都有这样扎实的功底。）他读别人整理的古籍，或者是古代文学研究论文，很容易发现其中的标点错误、典故解释等基础修养方面的错误，哪怕是一些著名学者的著作，也非常敏锐地发现其中的错误（这可以看看刘先生《在学术殿堂外》书中所举的例子）。

刘先生指导研究生，除了上课之外，还有一个很好的方法，就是和学生一起散步闲谈。记得当年我们研究生都住在学校大礼堂湖边的小房子里。据说这几栋小房子是"文革"前校领导的住房，是一栋一栋独立的小平房，每一栋里边有三室一厅，住着几位研究生。刘老师经常来邀请我和刘松来君一起绕着湖边散步，或是走进湖边的师大幼儿园校园内散步。这些地方傍晚以后非常清静。先生除了谈读书，别无他辞。这样的散步聊天，可以海阔天空地聊，可以就我们的困惑随便发问，因此比正式上课收获还多。刘老师后来告诉过我，说他曾经好多次在晚上 11 点后散步走到我们宿舍外，看看我们睡觉没有。我的床铺和写字台正好在窗口，对着外头的路，刘老师老远就可以看到我的桌前是否亮着灯光。幸好我那时一般不会在晚上 12 点之前睡觉，要不然，刘老师可得批评了（其实那时候我们这些研究生都不会在夜里十二点钟之前睡觉）。先生平生无任何嗜好，唯以坐拥书城读书为乐。"文革"以后，刘先生家里的书不多，于是他几乎每天都是在图书馆里读书。就是现在，先生已经是快九十岁的老人了，依然每天到图书馆看书。我研究生毕业之后，有好几年里，先生都是在除夕下午给我写信，用钢笔写着非常细小而又清晰的字，信中说："现在是除夕下午近 4 点钟，图书馆阅览厅里只剩我和张馆长两人；张馆长亲自值班，微笑着陪我到 4 点钟关门。"如果是在今天，不要说除夕下午，就是平常时间，在图书馆里读书的人恐怕也是寥寥无几。先生在《清诗流派史》书后诗云："忆昔每岁除，书城犹弄翰。万家庆团圞，独坐一笑粲。"这完全是真实的写照。现在的人庶务缠身，杂念繁多，要达到先生这样的境界，又能有几人！

先生这样的境界，还在于他"勿以学术徇利禄"的精神。这更是一种人格风范。先生的学问和学术水平，在系里是公认的。刘先生给我们讲的是先秦两汉文学，他自己的研究重点却是清诗，对清诗研究下了多年的功夫。据说，钱锺书先生曾拟推荐刘先生去中华书局当编辑。八十年代初，苏州大学钱仲联先生欲调刘先生入苏大协助其整理清诗。但是江西师大却极力挽留他，刘先生也感到在江西师大上下遇合，不忍离去。我想，如果先生当年去了苏州大学，必定会有更大的成果。可是如果先生去了苏大，我也就遇不上这样好的导师了，由此又暗自庆幸。再者，以先生的学术水平，职称对于先生本不是问题，但却不是那么顺利。可先生却不以为意，处之泰然。就是在退休之后，先生仍然读书、笔耕不辍。先生在《在学术殿堂外》一书里谈自己的学术经历，批评一些学者的错误，呼吁年轻学者要打好学术根底，甚至给有关领导写信，那种为学术而焦虑的心情，清澈可鉴。正如先生自己所说，《在学术殿堂外》的内容，如果要高度概括，实在只有三句话、九个字：去名利，打根柢，反量化。只有根除虚名浮利的思想，才会静下心来，不惮其烦地打根柢，从而博览群书，也才会跳出量化的圈套，刻苦研究，创造出真正的学术成果来。先生精研清诗十五年，写出了被学术界称为传世的经典之作，正是他修身治学的必然成果。

其实先生也不是一介书呆子。对于新事物、新思想、新理论，先生历来是很敏锐的，而且善于将旧学与新知相结合。对于民主、科学、法治，先生的追求并不亚于年轻人。这更是难能可贵！刘先生曾说过："我写《清诗流派史》，是为了探索清代士大夫的民主意识的成因；而写《在学术殿堂外》，则是反映现代和当代知识分子对民主和法治的追求。"我们常说学术研究应为现实服务，这一点，先生的宗旨非常明确。这正是老一辈知识分子的风范，也是年轻知识分子的楷模。

关于刘先生，有很多可以谈的，然而，在学术心理浮躁的今天，我认为这两点是最值得我们记取和师承的。

（本文是笔者 2008 年 9 月与江西师大研究生座谈时的发言）

附：

刘世南先生《左传国策研究序》

幼年时，先严教我读《左传》，按日详解，务令背诵。大概用了一年多的时间，才将全书背完。因此，我对《左传》特别喜爱。现在，事隔七十年，平常散步时，仍会默诵低吟其中某些篇章，从铿锵的音节中，回味着儿时受读的情趣。后来，在江西师大中文系指导先秦至南北朝文学研究生时，主讲的就是《庄子》《左传》和《史记》。郭丹学弟就是这时和我共同研习的。我在讲授《左传》时，要求他们上溯《尚书》，旁求《国语》，下研《国策》以至《史记》。

近年来，《四库全书》及其存目丛书，以及《续修四库全书》，都已先后出版。有关《左传》的著作，俱列经部，绝大多数是从经学角度加以论述，从文章学去探讨的，只有清代王源的《左传评》和冯李骅的《左绣》。那种点评过于繁琐，论析也不够深刻、准确；艺术特色的分析，更有不少模糊影响之谈。原因是"以文章点论而去取之"（《四库全书总目·或庵评春秋三传》提要）。"竞以时文之法商榷经传"（同上书《左绣》提要）。所谓"文章"，就是"时文"，也就是八股文。原来王、冯两书是为应试的儒生习作八股文服务的。这自然不能符合现代人的要求。因此，我早有心写一部《左传》的文学研究。可惜由于种种原因，始终未能如愿。

现在，这个心愿终于由郭丹学弟完成了，真使我欣喜不已。从这部专著的目录，就可以看出作者的宏观概括和微观分析的特色。

全书共分十章。第一章是概论，综《左传》与《国策》而言。第二到第五章，是专论《左传》的。第六到第九章，是专论《国策》的。第十章是结论。全书结构谨饬，次序井然。

据我看，此书特色有如下两个方面。

一、追溯源流，视野开阔，论析精微。此书不但从史官文化的背景和传统来论述史传文学的产生原因，并能从《尚书》、《春秋》的特点，揭示《左传》产生的学术继承性。而《国策》则从战国的形势论述《国策》的时代特征，并从重士贵士思想、重利轻义的价值观等方面深入分析《国策》的思想特征。同时考察《国策》史料的真伪，列举历代学者对《国策》的评价，说明史料真伪并不影响此书的文学性。——以上是源。流的方面，《左传》部分探讨了它与古代小说的关系，指出它为中国古典小说的产生、发展，提供了"史"的营养和依据，而史传文学正是中国古代小说的源头之一。作者特别指出，从《左传》、《国策》这些史著，可以看出中国古代史学传统的形成，首先是对史官素质的要求，形成了一个优良传统；其次是秉笔直书、书法不隐的主体意识的形成；第三是惩恶劝善原则的确立。这些史学原则，对后世产生了深远影响。另外，从《左传》《国策》中，还可以发现多种文体的萌芽与雏形，并已奠定史书论赞的形式，而《国策》还孕育着"论""说""序""策"等文体。最后，论述了《左传》《国策》对《史记》影响。

二、从内容到形式，深入分析两书的文学特征。如《左传》的民本思想、崇礼思想、崇霸思想在文学上的表现；以善恶为主线对书中对立形象的艺术分析；《左传》战争思想、战争描写的文学特征；《左传》的文学成就：从小说化的属辞比事、众美兼善的表现手法、虚实相生的夸饰描写，总结《左传》的叙事写人艺术；从《左传》的虚构情节和梦境描写，论述艺术真实和历史真实的辩证统一。在外交辞令方面，概括出《左传》语言艺术的三种特征，包括它所开启的铺张扬厉的辞风。对《国策》的人物形象，重点举例分析战国时期"高才秀士"的形象特征，并认为许多篇章已初具独立成篇的人物传记的特征，显示出写人艺术的新发展。在说辞方面，铺张扬厉的风格非常鲜明，尤其是他将苏秦、张仪的说辞加以比较，从而论析其铺张扬厉风格中的差异，这就比以往的论析深入了一层。此外，还对范雎、庄辛的说辞，乐毅的报燕王书，进行细致的分析，以见《国策》的语言艺术。还从大量的寓言故事中，总结出几个特征：取材于现实，充满生活气息；形象与寓意和谐统一；情节生动，描写细腻；等等。

以上两大特色，远非王源、冯李骅之书所能望其项背。

郭丹学弟之所以能取得这种巨大成就，就因为他厚积薄发。他早已出版过《春秋左传直解》（江西人民出版社，80万字，1993年），以及《左传》《国策》的系列论文。在这个扎实的基础上，对这两部书的文学性和文化价值，才能分析得鞭辟入里。而对史学和文化背景的把握，才使得他的视野特别广阔，从而使本书的立论有了更坚实的基础和更鲜明的特色。

我已年届八十，虽仍惟日孜孜，不敢稍懈，可是毕竟老了，著述大业，只能乐观他人的成果，尤其对于自己的学友，看到他们的新成果，总是喜不自胜。而于郭丹学弟，我尤其不胜铭感。我的《清诗流派史》，能在台湾和大陆先后出版，完全是他的大力相助。他是南方人（福建龙岩人），却兼具南北方人的美德：既亢爽厚重，又机敏颖锐。特别可贵的，是他不像我只知读书，而是富有经济才，善于处理繁杂的庶务。读他这本新著，可以想见其寝馈《左传》《国策》之深。

是为序。

刘世南

写于江西师大东区大螺居

2003 年 4 月 12 日

永远年轻的先生

陈　骥

　　刘世南先生是我的老师、长辈，也是最好的朋友。相识六年来，先生无论在学业还是生活上，都给予我最真切的关怀。他勤奋而朴素的生活，也深深地影响了我。

　　我和先生都喜欢读诗，也喜欢写诗。每次去先生家里，一进家门，先生定要问我有没有近作，让我抄给他看。等我都抄下来，他总是先读一遍，然后要我一句一句给他解释，细致到每一个典故和每一个字的用法。一开始我觉得这是多此一举，以先生的学养，哪会看不懂这几首诗。何况，这么条分缕析下来，有句无篇，浑成尽失，哪还见得诗情在。但时间久了，我才明白先生的用意。

　　我早年学唐，为追摹所谓"唐音"，动辄三山五岳，扛鼎叫嚣，在先生看来，不免浮华。先生于诗之一道，极重言志，更兼一力学宋，骨骼坚苍，对我的诗自然是不满意的。他命我逐字解析，便是要收束我下笔随意的习惯，帮我洗削繁华。

几年下来，我自觉在先生的影响下，已能领略几分"老树著花"的朴淡妙境。与先生谈起，先生很谦逊地说："是你用功，我起不了什么作用。"但他说完就抚掌大笑，我知道他开心。

先生虽是当世著名的诗人，也写得一手好文章，却从不以辞章自高。遇人激赏，多只摇一摇手，言："这都不算什么。"相反，先生知道我有时也喜欢读点花花草草小情调的文章，就经常以"一为文人，斯不足道"来警醒我。先生早年投身革命，意在为国家、为民族探寻一条出路。新中国成立后，却主动离开俗世认为很有"前途"的行政岗位，选择了教书生涯，淡泊自守，著书立说。但无论什么时候，先生都密切关注着社会民生，保持着传统知识分子的入世情怀，绝不学那些自命风雅的无聊文人，写吟风咏月、吹牛拍马的文章。

先生经常跟我说："文字缘同骨肉深。"打交道久了，便真的成了亲人。先生关注民生大事，苟利家国，便奋不顾身，很敢说话。但是，他又每每叮嘱我，在社会上要谦逊审慎，切不可乱说话。并且，三番五次向我讲起阮籍临终之时，命其子慎言谨行，与司马氏合作。并言历史上的人物，自身能为理想漂泊四方、流血牺牲的所在多有，但是，他们无不希望自己的后代过安定世俗的生活，不要经受任何风浪。先生的叮嘱虽视我太高，但这份深情令我感动。

先生对我的关怀，还体现在家庭生活中。早几年我没结婚也没女朋友的时候，最怕的事情就是陪先生出去吃饭。先生坐上首，等大家都敬过之后，他就拉着我离座，挨个用茶水回敬。并且，每敬一个人，先生定指着我说："他年纪不小了，还没有女朋友，有合适的姑娘拜托您介绍。"先生挨个敬完一圈，也就请托了十余人，并且对每一个都恭恭敬敬，再三叮嘱。我站在边上真觉尴尬无比，恨不能找个地洞钻进去。下一次吃饭又是如此。几次想甩手跑开，但我知道先生实在是太过关心我，为我着急，不忍拂他的意。成家有了小孩之后，每周探望先生，先生定要看我手机里妻子和小孩的近照，细细询问小孩成长的情况。我每次去先生家里之前，妻子也多会叮嘱我先给小孩拍照，一会儿好给先生看。

先生虽然高寿，却很少锻炼。他只爱读书，白天的时间基本都在图书馆。而老年人睡眠少，他早上一般四五点钟就醒了，还是坐床上读书，睡前也必要坐在床上读一会书。先生有一次跟我说："有些人每天早晚花大量的时间走路，只是为了多活几日。但他们每天白天只是去打麻将，这又是何苦？"先生是认为"多寿多辱"的，他从不锻炼，也从不吃补药。甚至在鼻头基底细胞癌住院手术期间，也是谈笑风生，反过来是他劝我们陪护的两个人要放松心态。

已逾鲐背的先生，思想还非常活跃，求知欲比一般的年轻人都要强烈。今年端阳晚上，我在家中烧了菜，带过去陪先生过节。按先生规矩，二人三菜，喝恒大冰泉。席间纵论古今，兴致颇高。论及"革命"的意义与价值，先生盛赞周有光是"年轻的思想者"。我赶紧献谀说："那你也是年轻的思想者。"先生正色曰："从这个角度讲，我永远是年轻的。"

　　这一次，先生说要出自己学术生涯的最后一本著作，让自己身边最亲近的几个人各写一篇，附于书末。先生一再强调，这本书是学术性的，不是文学性的。但我才疏学浅，不敢也不必装腔在先生面前谈学术。唯著此小文塞责，但求能写先生之精神于万一。

自我肺腑出　未尝只字篡

李陶生

在江西师大老校区图书馆的线装书库，经常可以看到一位衣着简朴、白发苍苍的老人家在那里抄抄写写，他就是已九十一岁高龄的刘世南先生，那也是三年前我与他初见的地方。

先生生活上追求简单，不讲究营养。为了节省时间，他每弄一次菜就要吃上十天半个月。为了省钱，平时买的水果和零食都是处理品。先生对自己就是这么"抠"的。陪伴先生三年多了，从未看他买过新衣服和鞋子，多是捡毕业学生丢弃的旧衬衣、T恤和鞋子，洗干净缝补好后再穿，所以到了夏天，先生总是穿得非常"年轻"。我和先生晚上在家看书也只用台灯，不开大灯。生活用水也要重复利用。先生膝下无儿无女，老伴也于多年前去世了，他曾经带的研究生、我的导师刘松来教授因为担心先生夜间有突发状况，叫我晚上和先生住在一起，好有个照应。先生坚持不请保姆，一是因为他把完成洗衣做饭等力所能及的家务当成是读书之余的调剂，另外也是为了省钱。他这样克勤克俭，只是为了去世后能多捐献一点。他说："我平生不赌博，不炒股，不买彩票，所有的存款都是我辛辛苦苦节省下来的血汗钱，一定要用来帮助那些需要帮助且值得帮助的寒门子弟。我虽然有亲人，但是他们生活都很宽裕，不需要我的帮助，我不会锦上添花。而对于那些需要帮助的孩子则要雪中送炭。"

他从不锻炼，对于健康，他总是听其自然。先生虽年事已高，但是很喜欢和年轻人交流，喜欢他们身上的活力。很多人向先生请教养生之道，先生总是不知从何说起。或许保持豁达仁厚之心，不为浮名浮利所累，这才是先生长寿的秘诀。

先生的生活在外人看来甚至是枯燥乏味的。他不抽烟不喝酒，也不懂棋牌类娱乐活动，家里也没有电视，他绝无仅有的乐趣就是看书，书本是他所有的精神寄托。有一次他作为退休教师代表到井冈山疗养一周，可是带去的书两三天就看完了，剩下的时日因为无书可看真可谓是度日如年。先生每日早上五六点起床到晚上九点就寝，其间除了三餐饭，其余时间基本上是手不释卷。无论风霜雨雪，他都会像工作人员一样准时出现在图书馆。他说他希望自己将来能死在书桌旁。

先生说他感到最幸福的就是退休之后的时光，可以整天无忧无虑地在图书馆看自己想看的书，写自己想写的东西。先生经常感慨要看的书太多，而自己已日薄西山，时不我待。所以现在他愈加抓紧时间"补课"，而且一如既往地坚持每天自学英语。有人曾问他，这么老了学这些东西有什么用，他说："朝闻道，夕死可矣！"

　　先生嗜书如命，这和他的家庭有很大关系。先生的父亲曾为清代秀才，在父亲的教导下，他三岁开始识字，五岁开始读古籍，并背了十二年古书，包括《小学集注》、"四书"、《诗经》《书经》《左传》《纲鉴总论》。在这个基础上，他后来结合汉至唐人的《十三经注疏》和《皇清经解》正、续编，把"十三经"中没背诵的圈读一遍，做到经典段落烂熟于心。先生不是死记硬背，而是在父亲讲解后进行理解性记忆，而且不断地复习巩固，化为自己的血肉。所以即便他现在已九十多岁了，但在给学生开讲座或者解答问题时，他仍能背诵典故出处的段落。先生的父亲藏书丰富，前四史、《昭明文选》、"十三经"、《瀛寰志略》《天演论》等，还有很多诗文集，尤其难得的是，大部头的"九通"也买了，这使得他能从小就跟着父亲博览群书，开拓视野，养成以读书为乐的好习惯。先生读书的同时，还在父亲的指导下写文言文，每周一篇，坚持了七八年，这为他后来进行古文、诗歌的创作打下了很好的功底。

　　1941 年，先生读完高一就因为家贫而辍学了，但他并没有因此消极，而是以钱穆、王云五等自学成才的榜样激励自己，工作之余苦学不止，学习古人刚日读经，柔日读史，未尝一日废学。天道酬勤，正式学历只是高一的他，后来由于几位学生的极力推荐，得以破格到江西师大中文系执教。这也为他从事古典文学研究和古籍整理工作创造了有利条件，从而写出了《清诗流派史》《在学术殿堂外》《大螺居诗文存》《清文选》等一系列学术著作。

高一肄业后，刘世南先生到税务局当过税务生，后来几经波折，在1948年，他到江西遂川县中教高中国文和初中历史。同事中有一位叫王先荣的遂川本地人，曾在浙江大学学化学，爱写新诗，他和朋友们办了一个诗刊。那时他们刚二十出头，因为都爱文学，经常在一起闲聊。一天，王先荣转述听到的国师旧友的轶事：国师有一对父子教授，父亲叫钱基博，儿子叫钱锺书。这位钱锺书先生少年英俊，非常高傲，有一次在课堂上居然对学生们说："家父读的书太少。"有的学生不以为然，把这话转告钱老先生，老先生却说："他说得对，我是没有他读的书多。首先，他懂得好几种外文，我却只能看林琴南译的《茶花女遗事》；其次，就是中国的古书，他也比我读得多。"听到钱先生的故事，他十分钦佩，不胜向往。

十年"文革"，很多大作家、大学者都受到迫害，他想钱锺书一定在劫难逃。那时，他被下放在江西新建县的铁河，在场办中学教书。1977年国庆节后几天，从《人民日报》上看到国庆观礼代表名单，"钱锺书"三个字赫然在目，不禁狂喜，还怕没看清，再仔细辨认，不错，是钱先生！谢天谢地，总算给我们中国留下一颗读书的种子。

为了向钱先生表达自己这份强烈的庆慰心情，他向钱先生寄出了第一封信，还附寄一篇论文《谈古文的标点、注释和翻译》，纠正上海古籍出版社以及另外几家出版社一些注本的错误，并分析其致误原因。信中还谈到真正读书的种子太少，名家也不免弄错，并进行说明。最后，他在信中表示希望能到钱先生身边做助手，当学生。钱先生虽说："生平撰述，不敢倩人臂助，况才学如君，开径独行，岂为人助者乎？如魏武之为捉刀人傍立，将使主者失色夺气矣！"但却主动向中国社科院文学研究所、中华书局、上海古籍出版社推荐他。对此，刘世南先生一直心存感激。

做学问要在不疑处有疑，待人时要在有疑处不疑。"文革"后期，刘世南先生对郭沫若《李白和杜甫》一书提出质疑，写了《对〈李白和杜甫〉的几点意见》，正与当时山东大学萧涤非教授的观点相合，该文后来发表在《文史哲》1979年第5期。在1981年先生在发于《江西师范学院学报》的《关于宋诗的评价问题》一文中，对毛泽东同志在《给陈毅同志谈诗的一封信》中的观点提出了反对意见，这在当时是非常难能可贵的。

　　刘世南先生遇到学术难题，便会想办法向知名学者请教。他曾向马一浮、杨树达、王泗原、马叙伦、庞石帚、吕叔湘、朱东润、屈守元等知名学者虚心求教，通过书信往来探讨问题。先生秉着求真务实的精神，对一些学者在著作中出现的错误进行纠正。他觉得："出版后的作品就会对读者产生影响，有错误就一定要纠正，这样才不会误导读者。如果我的作品里面有错，我也诚恳地接受大家批评指正。"后来，先生把这些刊谬的文章都收集在《在学术殿堂外》一书中。在该书中，他曾对《文学遗产》的主编陶文鹏先生的导师吴世昌先生有过一次善意批评。在读完先生的文章后，陶先生说刘世南先生的批评是中肯的，并由此对先生产生了敬意，后来陶先生便请福建师大的郭丹教授通过《文艺研究》对先生做了一次访谈，以宣传他的为人与治学之道。

　　先生有一部著作叫《在学术殿堂外》，取这个书名有两层含义：其一，孔子曾说子路："由也升堂矣，未入于室也。"先生对自己在古典文学修养方面的评价是：浮光掠影，一知半解。他觉得自己和钱锺书等大学者比，他未曾升堂，只是在殿堂之外；其二，和那些自认为在殿堂之内，通过学术造假行为制造文化垃圾的名流比，他羞与为伍，自甘在殿堂外。看到当今学界对学术进行量化，很多知识分子为了职称和工资，出现了剽窃、抄袭、占有他人研究成果等学术造假行为。先生义愤填膺，痛心疾首。先生写这一部书，是为了告诫大家"勿以学术徇利禄",做学问一定要打好根底,踏踏实实,真正的学问是难以用金钱来衡量的。

先生的另一部著作《清诗流派史》耗时十五年,包括在岗时的十年和退休后的五年。撰写此书的起因只是按照顾炎武所谓著书应为"前所未有,后不可无"的原则,希望以此来填补清诗史的空白。他丝毫没有考虑过此书和评职称的关系,也没有参加过任何评奖活动,想到的只是这能体现他的人生价值。先生对电脑等科技产品可谓是一窍不通,所以无法利用网络资源,只能通过传统的方法查资料。为了写《清诗流派史》,他不厌其烦地辗转于校图和省图达千百回,然后把有用的写在卡片上。这正如他在此书后的五古所云:"忆昔每岁除,书城犹弄翰。万家庆团圞,独坐一笑粲。卡片漫盈箱,有得逾美膳。心劳十四载,书成瘁笔砚。"

正是因为甘于寂寞、不徇利禄的治学精神,他才能写就这部"自我肺腑出,未尝只字纂"的经典著作。此书先后在台湾文津出版社和人民文学出版社出版,受到了学界的一致好评,被称为是清诗研究的"经典性成果"。他最大的希望是海内外一切清诗研究者,都能成为益友,信息上互通有无,观点上互相切磋。他说,蒋寅先生好读书,学问好,在清诗研究方面的成就也一定会超过我,这是可喜的,"功成在子何殊我""君有奇才我不贫",大家应该以学术为天下之公器,破除门户之见。

先生在学术研究之余，也喜欢作诗。先生的诗，并非吟风弄月、伤春悲秋之作，而是感时伤怀、忧国忧民的。用他自己的话来说就是"凡为诗，必有为而作，决不叹老嗟卑，而惟生民邦国天下之忧。所企者：民主与法治；所冀者：公民皆知己为纳税人，而公务员皆知己为纳税人所养，须成为人民真正之公仆"。他的诗文收集在《大螺居诗文存》中，于2009年由黄山书社作为"当代诗词家别集丛书"之一种出版。

位卑未敢忘忧国。先生熟读儒家经典，自然深受儒家思想影响。他非常敬仰民族英雄文天祥，每读一次《正气歌》，都会不禁潸然泪下。2012年春，我陪先生到井冈山大学讲学，讲学之余，文学院老师陪先生去春游，在去吉安渼陂古村的路上都是交谈甚欢。后来去拜谒文天祥墓，先生看着墓碑上刻着的"埋骨青山，尽忠邦国"等字时，缄默不语，神情凝重，眼噙泪花。先生是性情中人，喜怒之情溢于言表。即便已入耄耋之年，当谈到矿难频发、暴力执法、医患矛盾、贪污腐败等社会阴暗面时，仍会义愤填膺，不禁拍案而起，怒声呵斥。

刘世南先生从七十年前由吉安至善补习学校走上讲台开始，直至二十世纪八十年代末于江西师范大学退休，在教师岗位上辛苦耕耘四十五年。在课堂上，刘先生以自己渊博的学识为学生答疑解惑，课后与学生像朋友一样平等地交流，帮助他们解决生活中的困难。刘先生在学问上求真务实、乐学深思，在为人上知行合一、善良宽容，深受学生们的爱戴。

　　由于刘世南先生在永新中学所教的学生汪木兰、周劭馨两位教授的推荐，刘先生才得以到大学任教。如今刘先生老了，也经常得益于他曾经教过的学生。刘松来和包礼祥两位教授，因为在南昌工作，经常来看望刘先生，在生活上对他体贴入微。由于福建师大郭丹教授的帮助，刘先生的著作《清诗流派史》才得以先后在台湾文津出版社和人民文学出版社出版。

　　曾经的学生，今天仍然在刘世南先生的关心挂念中。杜华平教授在古典诗词和楹联创作方面造诣很高，深得刘先生赏识。远在外地工作的刘火根、刘国泰，经常打电话来嘘寒问暖，让膝下无儿无女、老伴也于多年前去世的刘先生感到亲人般的关怀。最令先生感到欣慰的是，他们都在自己的岗位上取得了可喜的成就。

　　人生识字忧患始。先生一生坎坷，饱经沧桑。他一心为教，以其高尚的人格魅力影响了一代又一代人；他知行合一，一心向学，克勤克俭，时刻把自己与人类命运、民族前途、民生现状等社会现实相联系。"孔曰成仁，孟曰取义，惟其义尽，所以仁至。读圣贤书，所为何事，而今而后，庶几无愧。"作为一个知识分子，竭忠尽智，九十四岁高龄的刘世南先生"庶几无愧"了。

跋

　　《师友偶记》正文，包含两个内容：一为我认为思想正确，我完全尊重的，从他们的身上，可以看出我的身影，无论思想抑或行动，我们追求民主的大方向都是一致的。另一为虽然尊重，而尚有所商榷的，如钱仲联等前辈，这方面的分歧，有政治思想性的，也有学术观点的。至于附录的《夜见刘峥》，则主要说明我在追求真理的过程中，个人的认识随着社会的实践而不断提高。

　　能享高年，始愿不及。而历史变幻，风霜屡经，固多可悲，亦多可喜。回首生平，实多感慨。一息尚存，此志不懈，愿与知我者共勉。

　　拙著经郭丹教授帮助整理，并得到福建工程学院福建地方文化资源研究中心的支持，谨此表示衷心感谢！

九二老人跋于大螺居，时在 2015 年 4 月 16 日